献给玛丽莎。

有一天,她对我说:"写吧。"

貂 之 舞

［意］毛罗·科罗纳　著
亚比　译

广西师范大学出版社
·桂林·

貂之舞
DIAO ZHI WU
IL VOLO DELLA MARTORA

出版统筹：多　马　　　策　划：多　加
责任编辑：吴学金　　　助理编辑：多　加
产品经理：多　加　　　责任技编：龙先华
装帧设计：鲁明静　　　篆　刻：张泽南

IL VOLO DELLA MARTORA by Mauro Corona
Copyright © 2003 Arnoldo Mondadori Editore, Milano
© 2015 Mondadori Libri S.p.A., Milano
All rights reserved.
著作权合同登记号桂图登字：20-2018-179 号

图书在版编目（CIP）数据

貂之舞 /（意）毛罗·科罗纳著；亚比译 . —桂林：
广西师范大学出版社，2019.9
ISBN 978-7-5598-2023-5

Ⅰ. ①貂… Ⅱ. ①毛…②亚… Ⅲ. ①散文集－意大利－现代 Ⅳ. ①I546.65

中国版本图书馆 CIP 数据核字（2019）第 160926 号

广西师范大学出版社出版发行
（广西桂林市五里店路 9 号　邮政编码：541004）
　网址：http://www.bbtpress.com
出版人：张艺兵
全国新华书店经销
北京盛通印刷股份有限公司印刷
（北京经济技术开发区经海三路 18 号　邮政编码：100176）
开本：889 mm×1 194 mm　1/32
印张：6.25　　字数：130 千字
2019 年 9 月第 1 版　2019 年 9 月第 1 次印刷
印数：00 001~10 000 册　定价：54.00 元
如发现印装质量问题，影响阅读，请与出版社发行部门联系调换。

简单而深邃〈原序〉

文/克劳迪奥·马格里斯（Claudio Magris）[①]

真不知道毛罗下一回将带给我怎样的惊喜。

他首次令我讶异，是在我们初见面后不久。我当时和妻子玛丽莎以及保罗·博齐、玛格丽塔夫妇正在安德烈斯这个地方。我想利用到瓦且利内一带游历的机会，多认识一下老祖宗的故土。此外，我曾经和同样的同伴一起旅行过几回，总能写出一篇游记，希望这回也不例外。

出发前两三天，毛罗打电话到马尼修找我，表示很想和我见个面。我当时并不晓得他是何方神圣。出于无知，我对当代造型艺术的认识，一如对当代文化的种种现象，十分肤浅，需要填补的地方太多了。

[①] 克劳迪奥·马格里斯为意大利著名作家、日耳曼学专家，也是意大利举足轻重的文学评论家。1939年出生于的里雅斯特（Trieste），代表作有《多瑙河之旅》(*Danubio*, 1986)、《微型世界》(*Microcosmi*, 1996)等。著作屡获欧洲重要文学大奖，如西班牙的阿斯图里亚斯王子奖，意大利最重要的斯特莱加文学奖，以及捷克的卡夫卡文学奖，近年来更是诺贝尔文学奖的热门人选之一。

因此，我对他没有任何概念。我们约在安德烈斯碰面。那是个下雨天，他从厄多①徒步跑来，全身湿透，满头大汗，披头散发，头上绑着一条海盗头巾，看来属于人口众多的"怪人族"。我原以为我们喝杯咖啡就会挥手道别、分道扬镳。两人握了手，还没走进咖啡馆，毛罗从夹在腋下的一本画册抽出一张纸。我至今仍记得和同行三人看了纸上的素描之后所交换的眼光：我们看到彼此的眼中露出惊愕与震撼，有如着魔似的。保罗·博齐的眼镜后面那双擅于嘲讽的近视眼——既吃惊又会意，似乎在对这世界的不可预料表示感激，感激它虽然如此怪诞、如此无情，偶尔竟也会施予这样的恩惠。

那是一幅描绘耶稣被钉死在十字架上的钉刑图：简洁、遒劲的笔触，将画中人物的剧痛刻画入微。我们推翻了原有的所有计划，跟着毛罗爬上厄多，参观了他的书房和雕刻作品。这是一次影响深远且令人永难忘怀的经历。毛罗是位杰出的雕刻家，而他本人可能尚未意识到这一点。他是一位需要好好深入分析的艺术家。他的木雕人物在撼人的气势中，夹杂着生命的脆弱与痛苦。女性的躯体、老人的脸庞、动物、恋人、钉刑图……橄榄树干变形成悲怆的人体，或是山谷中的胜利女神。他的雕刻是那么古朴，又是那么现代，犹如一首简单而深邃的诗，涌自生命的核心。

从那一刻起，我就知道这首诗将与我的人生密不可分。其中几尊人像现在已经移位到舍下。我和玛丽莎对它们有似曾

---

① 厄多（erto）又译为埃尔托。

相识之感——我们在它们身上看到自己的影子。毛罗很清楚这点，他决定将这几件送给我们，可不是随便挑的。

那天，我们之间也产生了深刻的共鸣。由于意气相投，他成为我和玛丽莎情同手足且不可或缺的友人。我们一起走在人生的道路上——一条提供对话与竞争的道路，也是一条容我们息息相通的道路。我们的友谊或有趋于平淡或疏于联系的时候，只因为我们有着笃厚的情谊与高度的默契，所以即使处于松弛时刻，亦觉甘甜、愉悦。

毛罗在平日生活中也与动物、植物——在他眼中有生命、会痛苦的植物——乃至于世间万物情同手足。他与它们进行亲切的对话，这些对话使他们之间不再有距离，变得水乳交融，也彰显了生命的价值与意义。毛罗会倾听万物神秘的声音，也懂得让他们说话，不论是他的艺术还是他本人，都充满了这样的趣味。基于这个原因，他的友谊也以简要、干脆为原则，一如他的作品。

不过，这初次的讶异撼动我的程度，毕竟不若第二次来得大，只因为人有惰性，对事情的看法，习于落入窠臼。是以，当毛罗要我阅读他写的几篇短篇故事时，我以存疑的态度收了下来。我有正当的理由，甚至证据确凿。术业有专攻，在某一行出类拔萃，不见得能擅长另一行。卡夫卡或托马斯·曼要是做起雕刻，成品想必很平庸，也不敢公开展示。熟练某一门艺术，可能会构成另一门艺术创作的障碍，理由在于，这可能导致某一门艺术所虚构出来的世界，与赋予它形象的表现手法分离，但事实上这两者是一体两面，不可分的；

艺术家于是以为可以变换另一种形象来复制这个世界，以另一种手法来表现。结果可能很悲哀：一位作家所虚构出的一个生动而深刻的世界，如改用水彩来描绘，也许会变得平淡无奇、毫无深度。

当时接下毛罗的头几篇短篇，我的预期是：他的书写必然充满人性与尊严，也必然吸引人，但只能沦为其造型艺术的附庸，缺乏文学的自主性。我并不后悔当初的质疑。我认为存疑有如筛子，可以筛出作品的特质，总比抱着先入为主的观念，动辄一头热，光凭与作品的实质内容无关的感觉，就事先准备好加以褒扬来得好。唯有拒绝这样的诱惑，才能洞察出作品的真正意义；唯有经过批评与否定的筛子，才能体现出作品的真正价值。这个道理也可适用于其他事物。评论的对象如果是朋友，就更有道理了，因为其作品可能由于感情因素或两人志同道合的缘故而被高估。

于是，我带着这有用的成见，阅读了毛罗的短篇故事。我被征服了：诚然，他在文学上的成就不若造型艺术那么突出，但绝对称得上是一位真正的、有自主性的作家。他的文风质朴无华，精简中自有一股神奇的魔力，奇幻的世界与粗鄙、淳朴的现实交错。他的短篇具有童话的特色，往往在全然的率真与日常的平淡中，铺陈出令人惊叹的情节。这其中，有与大自然、与生命中不断消逝的潜流的交谊，也有漫漫无垠的孤寂感。全都近在眼前，却又远在天边。

人物从幽渺的海角与古昔甚至梦境登场，对周遭的一切感到陌生：他们只是短暂而执着的过客，宛若在村庄边缘徘徊。

但另一方面，老家、祖国、根源这些似乎不可能同时存在的元素，却又不时紧随在旁：在老树的枝干和根须中，我们看到了这些元素。老树是人生旅途中熟悉的伙伴，其对事物的濫觞之新鲜感，对困顿、哀恸的体验之深刻，绝不输给人类。

一个精彩而丰富、永不枯竭的世界，却也是个悲情的世界。它向四面八方展开，发出既友好又险恶的声音，露出令人无法捉摸、变化多端的脸孔，时而笑容满面，时而愁眉不展。万物皆有生命，皆有自身的性情，毫不矫饰地表现出自己的真面目，其中尤以树木为然；科罗纳在这些短篇中的表现也犹如树木的诗人，深谙其痛苦与激情之谜。不过，他的书写魅力，主要来自文字风格：直截了当，毫不做作，以熟练的手，如雕刻人像般来雕刻文字，剔除无用、多余的部分，最后只保存了人物的特质、脸庞、身体，以及他们的故事。

在这些短短的故事中，时间往后倒退，空间往外伸展，绵延到亘久之前、遥远之处。故事中的人物有如《奥德赛》中颠沛流离的主角，他们个性鲜明、不落俗套，神游四海，对某处地方、某件小事、某个动作、某种感觉的回忆却至忠到底。一次经历，就成为永恒的回忆。愁绪弥漫，人物各有各的孤寂，却又强烈地凸显出休戚与共之感。故事的背景往往局限在狭小的范围内，却有着十分辽阔的视野；事件无非是一些小人物不起眼、浮沉于世的人生，却笼罩着一层不朽的意义。

这些故事同时也是一位诚恳而深刻的艺术家的心声，带给人们一种合宜的生活态度。毛罗有既刚硬又纤细的躯体、古怪而天真的外表掩饰不了的机敏,以及一颗真正的诗人的心。

但他有时会禁不起诱惑,装模作样、标新立异,以至于有短视之虞,对他自己也不公平。他有如《圣经·马太福音》所言:驯良像鸽子;同一节经文教人要灵巧像蛇,要懂得分辨世间的邪恶,要知道要几分诈以免被消灭。塑造出这些人物并写出这些故事的那颗脑袋、那颗心、那双手,能否舍弃蛇一般的谨慎与机巧呢?只有天晓得。

这本书值得你用心倾听〈译序〉

文／亚比

《貂之舞》是意大利木雕家、登山家毛罗·科罗纳的文坛处女作。他以近五十高龄，初试啼声，就一鸣惊人，从此书约不断，使他在登山家、木雕家、丈夫、父亲，加上年轻时当过的樵夫、猎人、牧人、矿工等多重身份之外，又多了一项"作家"的头衔。

本书荣获意大利伊塔斯山区文学奖（Itas Premio）银蓟奖，更征服了举足轻重的文学评论家克劳迪奥·马格里斯，特别为之写序，予以高度评价，称许作者雕琢文字的功力和雕刻木头一样熟练，在"精简中自有一股神奇的魔力"。此外，本书也以平易近人的形式、悸动魂魄的内容，掳获了广大意大利读者的心，从1997年问世至2005年，已印行逾二十版，意大利大报《晚邮报》（*Corriere della Sera*）因而戏称作者是"攀登上畅销排行榜的登山家"。

《貂之舞》一再重现的主题"瓦琼①悲剧",是距今四十多年前发生在作者家乡厄多的真实事件。厄多坐落在阿尔卑斯山支脉多洛米蒂山、瓦琼激流所流经的深山幽谷之间。环抱的群山林相茂密,许多珍禽异兽栖息其中,拥有阿尔卑斯山最美丽的奇花异卉。居民主要以打猎、伐木、采矿为生,生活的步调呼应着天时四季的节奏。

20世纪中叶,一家民营电力公司和若干地质学家、工程师看上这块土地,将流进山谷间的激流拦阻成一座人工湖,修筑水力发电的水坝。这座水坝高度超过260米,在世界上名列前茅,工程之浩大,令人叹为观止。尽管有识之士不断提出警告,该公司和主管单位却一意孤行,就在完工后不久,山头崩裂,坠入水库,掀起擎天巨浪,造成近两千人丧生,无数人痛失亲友、无家可归。

惨剧发生的主要原因有三:该地区的地质不适合储水;储水量超过安全界限;漠视事发前的种种警讯,没有及时疏散当地居民。简言之,就是作者在书中借着托克山所说的:"人类不会解读我们透过树木、水流、喧嚣声所传达的讯息……改变事物自然的走向。"换句话说,就是不懂得倾听自然的声音。

灾变那年作者刚满十三岁。他亲眼看见家乡秀丽的山河破碎、与大自然相互配合的时序大乱,村人失去赖以维生的依靠,许多人家破人亡,变得万念俱灰,对人生不再抱持任何

---

① 瓦琼又译为维昂特。

希望。他和家人疏散到外地一段时间后，重返家园，长大后开始以实际行动展现对乡土的关怀。瓦琼谷地的悬崖峭壁是世界闻名的攀岩练习场，科罗纳从1977年起一一征服遭大水肆虐的地区，开辟了许多攀岩的路径，希冀借此唤起人们对瓦琼事件和这个地区的关注。

写作可说是这种情怀的延续与延伸。他从一己的生活经验入手，写周遭熟悉的小人物、土地和自然。在这样的背景下，本书处处可见死亡的阴影、命运的威力与生命的悲哀。故事中的主人翁除了葬身瓦琼大水的村人，也有死于非命的亲友，以及遭人屠杀、砍伐的动植物。文中常见的幽暗森林、寒冷的冰雪，以及黑夜，也都具有死亡的况味。命运的力量施展于被它捉弄而发疯的人物，吞下毒饵的狐狸，以及坐在厨房的凳子上暴毙、死时手中还握着一杯酒的老友。

或许是因为作者在童年便已"走过死荫幽谷"、看尽人世沧桑，对这些题材的处理，往往表现得十分豁达。提到挚爱的亲友之死，只有三言两语，但轻描淡写的笔调反而留给读者无限的哀思与省思空间。

然而这本书在层层的阴影、浓浓的愁绪中，仍时时露出一线生命的曙光，正如作者在《那条路》一文中所写的：

"记忆是把不寻常的镰刀，能割除往日的悲草，任它湮没。"

作者相信记忆有一种特殊的力量，可以只保留美好的事物，将伤心往事割除、遗忘。唯有如此，被死亡的阴影与噩运纠缠的人，才敢回溯过往，并从美好的回忆中重新得力、展望未来。他以自己走过苦难、胜过苦难，更从苦难中汲取重生的力量与创作的泉源，为这个理念做了最佳的示范。

　　科罗纳偶尔也会发表令人发出会心一笑的理论，但知性的成分终究不是这本书的主轴。你如果期待能从书中找到精辟的人生哲理，或增广植物学、动物学的知识，那你恐怕要失望了。这本书的精髓，在于作者与生俱来的热情敏锐与后天的丰富历练交相锤炼而成的浑厚美感，令人在掩卷之后，仍然感觉余味无穷。

　　这是一本值得你用心倾听的书，相信也能掳获你的心。

目　录

第一部　树　木

我的爷爷　/ 003

山毛榉　/ 009

地雷　/ 016

梨树和苹果树　/ 023

提拉抬爷　/ 029

树叶　/ 034

第二部 动 物

布谷鸟　/ 043

黑琴鸡　/ 047

狐狸　/ 053

貂之舞　/ 061

阿尔卑斯放牧　/ 068

猪　/ 077

第三部 人 物

第一双鞋　/ 087

老猎人　/ 093

最后的磨刀匠　/ 098

女摊贩　/ 102

好心的朋友　/ 111

返乡　/ 117

华特　/ 123

我的弟弟　/ 130

第四部 厄多行脚

预言 /139

思弗 /146

那条路 /153

老皮恩 /160

林中空地 /167

最后一季夏 /173

第一部

树　木

我的爷爷

爷爷是我的美术启蒙老师。他生于1879年,蓄有一把弗兰茨·约瑟夫一世皇帝[①]那种大胡子。他在年轻时,曾风风光光地参加过第一届米兰—圣雷莫路段的自行车赛。不过,这并不是他的本行。他只是个摊贩,专在家乡一带贩卖亲手做的木器。比赛前,爷爷骑着自行车,从厄多一路奔向米兰,参加了集训。那是一辆笨重无比的自行车,前后各钉了一个支架、绑了一个满载货物的载货箱。他后来顺利地完成比赛,但从来没告诉我他的名次,可能是不记得了。

他总在春天杜鹃初啼时离家,直到入秋树叶纷飞才返乡。出发前,他先将货物搬到隆加罗内,由火车托运到加拉拉特,再寄放在一个朋友家。整个漫长寂静的冬季,他就待在家中敲敲打打,雕凿木器。他会做木匙、木叉、木筛、木面包夹、木勺、木碗等。熊熊炉火将堆满木头的室内烤得暖烘烘的,我则在一旁偷窥爷爷的手势。壁炉内炭火上方的铁链,总是悬

[①] 弗兰茨·约瑟夫一世皇帝(Franz Joseph I,1830—1916),19世纪中叶奥地利皇帝兼匈牙利国王,于1867年建立奥匈帝国,被尊为奥匈帝国国父。

挂着一只铁锅，一年到头咕噜咕噜炖着豆子。

爷爷对树木了解之透彻，没有一位植物学家比得上。当然，拉丁学名他不懂，但说到树木的个性，他可是一清二楚。"每一种植物都有自己的脾气，"他说，"被人抚摸时，有什么反应，就看是哪种脾气。有的甜美、有的愁苦、有的刻薄、有的顽强、有的自私……不一而足，就和我们人类一样。"爷爷很清楚这一点，一次又一次，以无比的睿智心平气和地传授给我。

我从他那里学到制作耙子的秘诀：齿部要用鹅耳枥木，因为这种木材硬得很，用久了也不易磨损。上面的棍棒则用柔嫩的幼松木，手握久了，才不会起水泡；如果使用其他木材，手会脱皮，尤其是相思树的木材，特别伤手。但我很快就发现，计较棍棒的材质，根本是多余的，因为手要是长时间工作而长茧，也会失去痛觉。

装酒的大木桶用金链花木，因为金链花的木材和我们人类不一样，就是经年累月泡在酒里，也不会腐烂。

厨柜要用石松。石松木散发出一股天然的松香，只要不被碍事的油漆掩盖，香气会时时弥漫整个屋子。

用槭木制作玉米软糕①专用的木勺，再合适不过。槭木颜色白净，又能使食物保持原味，的确是一种上等的木材。只是它有点调皮，喜欢寻工匠开心，害他的工具裂开。

紫杉这树很是自命不凡。由于材质十分坚硬，根本不把

---

① 玉米软糕的做法，是先将粗颗粒的玉米粉加水调匀，以慢火烹煮，同时不断以木勺长时搅拌至黏稠状。

木匠的工具看在眼里,甚至还会讥笑人家呢。它的颜色血红,如火焰般耀眼,不甘担任不起眼的角色,只肯登上艺术的殿堂。车床工用它制作织羊毛的纺锤。

山毛榉木经得起转来转去、左劈右砍,制作斧头的木柄非它莫属。木碗和木匙也要用这种木材才耐用。雕刻山毛榉木,一定得趁着刚砍下来还鲜嫩的时候,这是由于它的怪习性使然。要是放久了,干燥硬化到一个程度,它会将自己封闭起来,到时候就刻不下去了。

有些植物一凋萎就会伤心流泪,好比灯芯草或野白泻根。这两种草本植物适合拿来制作婴儿摇篮。或许是因为人生本就是场令人掬泪的长戏吧。

这些树木只有最前面那段树干可资利用,也就是接近地面那一段,长度不超过一米半。

我小小年纪就从爷爷这位身材高大、沉默寡言的老人家身上学到这些秘密。我可以继续扯上好几个小时,向你阐述植物的内心世界。这些知识对我日后从事木雕有很大的帮助。奥古斯托·穆勒(Augusto Murer)是我的第一位木雕恩师。我以前搭便车到他位于法卡达的雕刻室学艺,因为掌握木材的能力绝佳,频频赢得他的赞赏。我从1975年学到1985年他过世那年为止。

爷爷热爱林木和林中万物。他仰赖森林里的物产,养活了我们一家人。而他总是抱着毕恭毕敬的态度。春天果树接枝时,他会让我跟班,进行的过程中,总要求我遵循一项仪式:他朝树皮划下一刀以便接上新芽那一瞬间,我的双手必须紧抱着这棵树。他相信这么做，会让树木觉得自己受到保护。

"划刀那一刹那，"他向我解释，"树会觉得痛，而且会发高烧。你的双手可以帮它克服恐惧。"

他说这话的时候，总是一本正经的，有几回把我吓到，直以为他疯了。当今某些保护自然资源的论调，给我同样的印象。

直到今天，每当在森林里干活儿，我仍然喜欢紧紧地抱着树干。

爷爷对水也自有一番见解。我从他那里学到一门功课：水并非无臭无味。瓦得嫩溪的硬水被他形容为"严厉"。想将榛树的枝干削成编织驮篮的细长枝条，只要将枝干放入这条溪的源头，就可以轻易达到目的。这溪水可以大大增加木头的弹性，别处的水都比不上。

我们常到丰塔内莱草原割牧草，口渴了，就喝从一片苔原涌出的软水。这水流不发出一点声响，就和油流动时一样。味道甘甜。

"你喝不出这水带有甜味吗？"他老是问我同样的问题。

布士卡达山的可佳利亚泉水，他喝起来觉得味道苦苦的。这里的泉水清凉无比。

"帮助消化。"他断言。

至于塞特泉水，则具有疗效。据爷爷的说法，这泉水可治愈醉酒引起的种种不适。他应该常来喝这里的泉水以提神。柔地赛格山谷有一泉白蒙蒙的水，可医治扭伤。

爷爷懂得赋予简单的事物生命，好比说，在他眼中，一块岩石不是像软面团，就是像硬面团。将石头比喻为面团，似乎有点匪夷所思。不过，当我们在梯田四周堆起石块、筑起矮墙，以防止土石外流时，他的确会用这样的形容词。

他就是这样。干活儿的时候一句话也不说。他信奉上帝，却不守安息日；复活节和圣诞节在他看来，是一码子事。

他常坐在小凳子上，弯着腰抽雪茄，还不时为一些令人搞不懂的事发点小牢骚。不管是用左手还是右手拿斧头，他都一样灵巧。

他很早就教我雕刻木器，但我并不满足，一直尝试着模拟人像。我在汤匙的凸面涂鸦，刻上鼻子、嘴巴、眼睛，活像一张脸，把他给逗笑了，将我的木雕处女作从木器堆中挑出来。他先教我斧头的正确用法，免得我割到手指头。他教我的时候，从来没发过脾气。我至今仍然记得他那张慈祥又带着几分天真的脸庞。

随着时代的演进，塑料开始当道。到了20世纪60年代初，爷爷的脑筋变得不太灵光。他们说是动脉硬化。我们三兄弟那段时间和爷爷奶奶住在一起，变得没人管。一个聋哑未婚的姑姑负责洗全家人的衣服，她怪怪的，常常碎碎念。但只要爷爷还有一口气在，我们在厄多的老房子就有堆积如山的木屑，我们睡觉时老爱溜到里头去。

1962年，圣巴托洛梅奥节的前一天（圣巴托洛梅奥是我们家乡的守护神），爷爷背着一个大背包朝隆加罗内的方向走去。他是想为家人挣一点钱好过节。冥冥之中,我有个不祥的预感,从后面追过去,终于在史佩瑟的弯路追上了他。我拉扯他的夹克,想说服他跟我回去。他对我凶巴巴的——这还是生平第一次他对我这么凶。身体不好,连带地脾气也变坏了。他用力一堆,把我甩开,继续上路。

他毅然决然迈开脚步,而我只能目送着他离去。

翌日,我们等他回来一起过节。正值8月天,有人送来一只西瓜,我们继续等他,不想先切开来吃。没等到人,反倒来了几名警察,带来一个噩耗:爷爷死了。是在贝卢诺过马路的时候被一辆汽车撞死的。

他们在打猎的袋子里找到爷爷打算送给我们的礼物,找到时是好好地用纸包着的。那是一只过节吃的炸鸡。他徒步走到人生尽头之际,还怀着再多卖一点木器的念头。尽管他的心智已经悄悄地、渐渐地失常,他并没有把我们给忘了。

爷爷那年八十三岁。在柏油路上,一个被撞得歪七扭八的背包,四周散落着几根木匙、几支木勺。

山毛榉

山头·科罗纳①（Santo Corona）是名樵夫，众人管他叫谷中圣人。活到七十四岁那年，他决定把村里那棵巨大的山毛榉给砍下来。这棵树，少说已有三百岁了。在它下面乘凉过的，别说是他的爸爸和祖父了，就连他的曾祖父也有这个可能呢。

这树长久称霸整座森林，而过去之所以没有人敢动它一根汗毛，只因为地势险恶。它就矗立在迪亚克山谷东边边境一处峭壁的顶端，别的樵夫怕砍伐时一个不小心掉入深渊，会被人家笑话；更甭提这一掉，会损失多少家人赖以为生的木材了。

谷中圣人从小就学会伐木，自信满满，这风险对他来说根本不成问题。他从十岁的稚龄开始，跟随祖父和父亲到泽摩拉山谷的森林一起砍伐山松。父亲洞察出儿子天生是块伐木的料，特地到山下的马尼亚戈请有名的铁匠为儿子量身定制了一把迷你斧头。从那个久远的年代起，伐木便成为圣人唯一的职业，而他也只会干这么一件活儿。

---

① "山头"是 Santo 的音译，意为"圣人"。

他曾经移居海外，在法、奥两国当过几年的樵夫。据说，在奥地利打工的第一天，有人对他的斧头功夫存疑。他一句话也没说，只顾着用产于干地亚的磨刀石磨斧头。到了夜晚，大伙儿用完餐，聚集在院子的时候，他忽而吆喝一声，以引起众人的注意，再将裤管卷到膝盖，拿起斧头朝着小腿猛力一挥。众人被这惊人之举吓得闭上双眼。再度睁开时，心想他已经变成残废，万万没想到这致命一击只不过削掉他小腿上的几根汗毛。从来没有人见过这么精准的刀法！从此以后，大家都对圣人敬畏有加。

　　返乡后，他自立门户，独立作业，不肯和其他樵夫合作，说什么两个人凑在一块嫌太多，除非啊，那合伙人是个美娇娘。

　　晚年的他，不再为了金钱而伐木。只因为他热爱林木，爱屋及乌，连带地也十分热衷这门古老的行业。

　　他喜欢囤积一大堆木柴好过冬，有用不完的，就送给穷苦的老人家。

　　寒冷而清朗的11月中旬，他决意把这棵巨无霸给锯下来。有两个理由促使他做出这个决定。首先，是实现多年的愿望，接受别的樵夫一直不敢接受的挑战：巨木位于峭壁边缘，很难让它倒向山这一头，而不坠入谷底。其次，另一个更重要的理由，是想帮助正在死亡边缘挣扎的巨木早点解脱。啄木鸟已经来造访，树皮被钻出好几个茶杯般大小的洞，而啄木鸟一旦在一棵树上凿洞，意味着这棵树的气数已尽，意味着它的纤维病了，内部的木髓已经枯萎。就算春天来时还会再长出新叶，但生命已经垂危，顶多再活个几年，就会一命呜呼。没有人知道啄木鸟为什么能预知某棵树的死期将至。啄木鸟能在外表没有任何迹象以前，预先嗅出死亡的气息，而用喙穿洞，因为它早就晓得进到树的内部，会发现木头已经腐烂，软趴趴的，可以轻易地凿洞为巢。

谷中圣人想尽早了结巨木的痛苦，于是下了这个决心。第一天，他专心准备工具。首先，将附有手把的锯子磨得锐利无比，接着轮到斧头，那把购自卡林加、神秘兮兮的穆勒牌斧头。

"这是天下第一的斧头，"他说，"里面镶有防震的薄银片。"

其次，他还用坚硬的金链花木做了十枚楔子，最后将铁锤放进袋子。

等一切准备就绪，11月14日上午，他携带所有的工具来到伐木的地点。树叶已经凋零殆尽，森林里空荡荡的，正在安安静静地休憩。寒风刺骨，空气中可嗅出严冬逼近的气息。

他花了半天的时间来研究这棵树，在距离树干十来米的地方坐下来，仔细观察。他目测出底部的直径至少有一米，同时有个新发现：巨木稍微朝向山谷那一侧倾斜。"糟了，"他心想，"我得使起重滑车才行。"

树木在约一米半高处，依稀露出一些刻痕，那是过路人为了留念，用小刀刻的图案。由于事隔久远，现在几乎已无法辨识，只在一片模糊当中，残留着一个工整而清晰的符号，幸运地逃过光阴的摧毁。那是一颗心，中央刻有 M 和 F 两个字母。他心想，天晓得这个爱的誓言是什么时候刻下的，而名字第一个字母为 M 和 F 的那两个陌生人现在又在哪里？

"不知他们的结局怎么样？"他很好奇，"或许分手了，或许其中一个人死了，也或许两个人都死了……啊，就算还活着，想必已经很老了吧。"

想到随着岁月的消逝，人的躯壳会老化、感情会磨灭，他不禁有点感伤。他也曾经在斯蒂里亚森林内的一棵树上刻下两个字母，但两人最后不欢而散，留下他孤零零一个人。

他点了一斗烟，再端详一次。这次，巨木也神色凝重地望着他。树梢高高耸入云霄，随着微风轻轻飘扬。已经活了好几个世纪的巨木，曾经目睹过好几代樵夫从它下面走过，还有到加瓦那山丘和千得内山顶割牧草的高地人成排从它面前经过。不过，由于濒临深渊，从来没有一个小孩子敢冒险停下来，和它一起玩耍。山毛榉对这点最感到苦恼，是以，当啄木鸟来喙击它的时候，它已经什么都不在乎了。有时候，我们的处境并非出于自愿，可能是在无可奈何的情况下被迫孤立起来的，以至于任何人想亲近我们，非得冒险不可。

正午时分，谷中圣人挥出第一刀，内心有些激动。他握着锯子，从山这一侧朝悬崖那一侧锯起来，一直锯到树干中央。光是这样，就花去他好几个小时的时间。当他再度抬起头来，才晓得天色已经暗了。他收拾起工具，动身回家。"明天是个关键的日子，"下山的时候他心想，"不好砍，我得非常小心。没有人敢冒险去踫它，一定是因为往下掉的可能性很大。我要是一个不留神，就会掉进深渊。不过我知道该怎办，我会利用这个机会，带回四千公斤的木材。"

那天晚上他几乎无法成眠。山毛榉在山上等候他，虽然又老又病，却还有足够的力量反击。它以静制动，一言不发，高高地耸立在那儿，让我们的樵夫感到些许不安。对手要是会动来动去，就可以捉摸到它的姿势和反应，还好办一些。相反，要是静悄悄地，光瞪着你，没有任何反应，会让人十分困惑，因为你根本搞不清它什么时候会出招，招式又是如何。

第二天，他带着一组起重滑车前来。他先将绳索的前端套在树木的腰部，末端固定在滑轮上，然后加以调整，以便启动杠杆。他在前一天锯开的罅隙间塞入八枚楔子，以铁锤固定好。最后，拿起那把穆勒牌斧头，朝着与前一天相反的方向，精准而规律地劈砍。如此砍了好几个小时，砍到斧头竟然会发烫。力道一减弱，他就伸出手，朝手掌心吐口口水，待恢复元气后，再继续劈砍。一大片一大片木屑在空中回旋、飞舞，一转瞬又如流星般坠入深渊，消失得无影无踪。偶尔暂停下来休息的时候，就擦擦汗、抽斗烟、灌口酒。

随着罅隙越砍越大，他的压力也越来越大。他明白再过不久，积聚在树干内部的能量就会得到释放。他不时倒退个十几米，遥望巨木是否有任何动静。一点也没有。总是一动也不动。这时，他启动杠杆，使尽全力紧拉绳索，迫使树干往山这一侧倾斜，再用铁锤敲击楔子，以固定树干的位置，免得弹回原位。劈砍、拉扯、再劈砍……就这样又过了一天。他原本可以在太阳下山前完工，却决定延到明天。

"今天就到此为止吧。"他自忖。

当夜他安然入睡。此刻的他已是胜券在握，耳际响起众人对他独自完成这件大事而发出的赞美声。

第二天，11月16日，他比前两天稍晚抵达森林。砍了没多久，内心就觉得忐忑不安。他并不乏伐木的经验，但至今还不习惯眼睁睁地看着树木倒塌。巨木开始倾斜那一瞬间，他有一种罪恶感，感觉走到这个地步，再也不能回头，好似做了什么无可弥补的亏心事。他感到害怕。不过，轰隆一声之后，一切又会恢复平静吧。

他在中午教堂钟声响起的同时，完成最后一击。就在这个时候，巨大的山毛榉突然露出生命的迹象，并且史无前例地说起话来。它浑身战栗，从树根到砍伐处还嘎嘎作响。过了几秒钟，又恢复原状，静止不动。不久之后，空中响起一声轻叹。哎呀！滑车上的绳索怎么越绷越紧？真是令人不敢相信！圣人看了，吓得目瞪口呆。

"怎么会这样呢？"他想不通，"树木如果即将朝山这一头倒下来，绳索应该会越来越松才对，不应该越绷越紧呀……"

然而，绳索却越吼越大声。

"该死！"他咒骂起来，"是风！我连想都没有想到！"

没错，就在这个时候，从洛迪那的堡垒那头吹起一阵强风，横扫过整个山谷。圣人这才恍然大悟自己已经败北，此时此刻，他终于认清自己只不过是个孤单的老人。

"该死的风！"他又骂了一句。

凭着直觉，圣人以为靠自己的力量可以阻止巨木朝山谷那一头倾倒，于是高举着双臂，猛然扑向它。绳索就在这个时候爆裂开来，扬起阵阵尘土，尘土旋即消散在空中。粗麻绳有如被激怒的蛇，快速而疯狂地蠕动，将他团团围住。楔子承受无比的压力，如子弹般从弹道发射出来。巨木这时还拿不定主意，皱着眉头停歇了片刻，最后终于发出震天巨响，如电影的慢动作，缓——缓——坠——落——深——渊。

第二天，当他被人发现的时候，他的双臂还紧抱着树干，身上缠绕着纠结的绳索，就像《白鲸》里的船长。

从那一天起，每年11月下弦月之夜，迪亚克山谷总会传来谷中圣人那把镶银的斧头，为了擒拿山毛榉而敲敲打打的声音，从不间断。

地雷

　　从前，秋天是伐木的季节。我们得趁着秋天采集柴薪，等寒冬来临，就烧来取暖。不像今天，暖气改用瓦斯为燃料，连住在山上的人家也已放弃木柴暖炉这种有益健康的设备了。

　　砍柴的对象以山毛榉、鹅耳枥为主，另外也包括冻死的老落叶松、樱桃木等。采集木柴必须对森林抱着恭敬的态度，不能像强盗那样肆无忌惮地滥伐滥砍。砍伐上了年纪的树、有病在身的树（植物和我们一样，也会经历生老病死的阶段），或是被狂风吹得东倒西歪的树，务必谨慎。树丛要是过于茂密，就得好好修剪，留下稀稀疏疏三五棵就好。如果能用点脑筋，体贴一点，森林就能生机勃勃，出落得蓊郁茂密，而且保证每年伐木都能大丰收。

　　不过，善用大脑的山区居民，光凭直觉就知道只采伐地上物，会有遗"株"之憾。植物被锯下来以后，仍有一小段隐藏在地底下，称为"残株"。残株是绝佳的燃料：坚硬密实，燃烧时发出高热，若弃置不用，实在太可惜。问题是，树木萌芽的根源，深深地埋在地底下，那么，如何强行将残株从大自然的怀抱中拖出来呢？残株在幼芽阶段会先向地下延伸好几米，才长出根部，这些粗大的根会继续向四处蔓延以觅食。山区的居民一向节俭、物尽其用，怎么可能将这个宝藏留在地底下呢？他们会想尽办法从这巨大的木块中开采出柴薪，于是开始挖掘，让残株挣脱种种捆绑，再从地下拔出来。

这个粗活既需要耐心又很吃力，尤其当地上结冰时，挖掘残株更成了一件苦不堪言的差事，每次敲击，工具都会气呼呼地弹回来，泥土夹着碎冰疯狂地四处乱射，喷得满脸都是。基于这个理由，最好是在春天冰雪融化后才来挖。

所有的根须都被剪断之后，残株才肯挣脱大地的怀抱。一拔出地面，得马上清除黏在表面的土石，否则切割的工具会变钝。用锯子将这长须怪物切割成大小适中的木块，再扛在肩上搬运。这整个过程困难重重，既费时又费力。而就算从前的人时间多的是，吃力的事，不管是以前还是现在，都不讨人喜欢。

于是，有这么一位天才，想出了激烈的开采法。他的姓名已不可考，多亏他发明用炸药取代古法，我才能这么幸运，不曾在残株周围辛辛苦苦地挖来挖去。水坝建造期间，樵夫摇身一变成为勤奋的工匠，想藏匿几个炸药箱，是轻而易举的事。我相信在那个年代，每个家庭都贮存了一些炸药，就和囤积面粉一样稀松平常。或许就是这其中的一名工匠，率先应用炸药，轻而易举地将那些顽强的根须从地下挖掘出来的。

以下要叙述的故事，是关于阿尔卑斯山区的生活智慧（对当地的有识之士而言，第十一诫就是"不可得过且过"）。

我担心会害老人家受到法律制裁而入狱，特别请教一位当法官的朋友，以了解三十多年前犯下的罪行是否已过法律时效。得到肯定的答复，不再有顾忌之后，我才决定追述这件往事。

发动"炸弹攻势"的前几天，我们先四处视察，以了解爆破的对象究竟埋藏在哪些地方。为了避免爆炸时伤害其他植物，我们会仔细地筛选出位置孤立的残株。找出体积庞大、预估能保证丰收的几棵残株之后，我们就回家准备必备的工具。

父亲将足量的炸药放进一个布袋内，扛在肩上。他曾经是个出色的布雷工兵，可以准确地计算出炸掉一棵树需要多少炸药。有时，一发拆开的"集束炸药"便已足够。连同炸药放进袋子的，还有一捆导火索。为了避免擦枪走火之类的意外，引爆用的雷管必须与炸药完全隔离，放在外衣的内口袋。

我负责拿钻树干用的螺旋锥。这工具是村里一位铁匠特别针对我们的需要而改造的，底部多焊接了一根钢棍，比一般的螺旋锥要来得长，如此一来，就可以凿出很深的洞。能参与这项破坏力十足的游戏，我深感与有荣焉。就算我的任务不过是旋转螺旋锥，和年龄相仿的人比起来，我还是自以为很了不起。

我们轮流旋转这工具，让它慢慢地钻进树干内部，再往下朝残株心脏的方向穿刺。我们共凿出三五个深入残株体内约一米的洞。这时候，父亲估算需要多少炸药，再将集束炸药拆开。那里面装有胶状的混合物，浓度和颜色都类似樱桃果酱。头几回，父亲警告我别闻，免得头会剧痛，甚至轻微流鼻血。我不信邪，偏要去闻，果然感到不适，准得很。

接着，父亲准备雷管：将导火索穿过圆珠笔般宽、约五厘米长的小铅管内，放进嘴巴内，用犬齿将铅管两端的开口压扁、封起来。将装好的雷管塞进炸药内，用棍子推进残株的洞内，再用黏土或细土将洞堵起来，但要小心不能过于用力敲打。导火索的长度关系到可以燃烧多久，要根据引爆点离我们躲避的庇护所有多远来决定。如果离得远，就要长一点，如果离得近，就可以短一点。

所有的弹药都接上导火索后，为了使导火索充分燃烧，父亲拿出一把法式袖珍刀，在末端划了一刀。一切准备就绪后，他做出一个同意点火的信号。不过，为了警告可能路过而不知情的路人，他还是拉开嗓门大吼：

"有地雷哦……！"

要是没有人响应，他会再稍候一会儿，然后将火药点燃。导火索顿时宛如被激怒的蛇，拱起蛇身，向前急奔，火苗发出令人不安的嘶嘶声，攸地窜进洞窟内，直捣地狱的中心。一股强烈的自卫本能驱使我疾步奔向庇护所躲避，而父亲这位熟悉炸药的专家，却是一副老神在在的样子，慢条斯理从我后面跟过来，还一边卷着永远与他寸步不离的纸烟（他后来因为烟抽得太凶，得了咽喉癌，开过两次刀，但即使如此，到现在还是不肯把烟戒掉）。我当时不明白他怎么能够那么镇定，头几回，吓得对他叫喊，频频催他动作要快一点。

但他的步调始终不变，总是面带微笑，信步向我走来。

我真羡慕他的勇气，嗯，不是勇气，是自信，当布雷工兵累积了丰富的经验而拥有的自信。我后来终于明白这一点。匆匆落跑过几次以后，我对爆破有了信心，逃离燃烧中的导火索的速度，一次比一次慢。我希望能按捺住内心的不安，不要慌慌张张地跑掉。我试着尽量忍耐，不去理会那无情燃烧的火花，但有时忍到一个地步，再也受不了强烈的焦虑，赶紧全力冲刺到目的地，惹得父亲哈哈大笑。他讥笑我的胆怯，有时，为了吓我，还故意抓住我的手腕，挡住我的去路，不让我逃跑，直到我不再因为惊吓而尖叫为止。

累积了足够的经验以后，我总算学会了克制内心的紧张和恐惧，在等候爆炸那段空档，停下脚步的时间越来越长。父亲注意到了这一点，为了训练我更加镇定，常给我一些挑战，但总在安全范围内。

"不要紧张，"他不断重复，"就算你快要死了，也不要紧张，知道吗？"

这实在不容易做到。不过，经历几次精心策划的爆破后，我终于练就了一身胆量，敢跟在父亲后面逃离现场，就算内心还是怕怕的。到了后来，父亲已很难再吓到我。如果还发生这种事，那是因为我误以为导火索的质量不可靠，怀疑会有危险，而输了这场对峙。基于这样的经验，我学着评估炸药的效力，这样就不至于无故起疑心。到了这最后阶段，我的胆量已经不输给父亲，而且因为我跑得比他快，他还真不得不比我先跑，免得被炸成碎片呢。有一次，我羞辱他说，他如果再吓我，我就坐在埋有雷管的树干上，一直待到爆炸。他受不了我这傲慢的挑衅，踢了我一脚。或许他真以为我会这么做，被吓到了也说不定呢。

逃到庇护所以后，我焦虑地等待爆炸那一刻，而每一次，都会大受惊吓。火药开花前，我的脑海已在预演，试着与真正爆破那一刻同步，却从来没有成功过。爆炸总是来得出其不意，猛烈无比，害得我的心脏差点跳出来。

天空浮现一圈蓝烟雾，木头被炸成碎块，猛然冲向三十多米高的高空，随即坠落地面，砰砰作响。山谷传出轰然的回音，久久不散。残株不见了，原来的地方形成人一般高的弹坑。残株的碎块四处散落，生平首度见到阳光，就在一片轰隆声中。那木块看似恶魔口中吐出的肉屑，颜色惨白。

老先生和我一起捡拾木块，先临时堆成一堆。将木柴搬回家的苦差事，落在我们几个男生身上：布雷艺术家已经完成创意十足的表演，才不屑自贬身价做这种事呢。我们一块块地捡，装入驮篮内，一村越过一村，将木块背回家，再依序堆放在朝南的墙边。等过了一段时间，干了以后，就移到柴房，让位给下次轰炸的罹难者。这是一种上好的燃料，燃烧时发出的高热，是普通木柴的两倍。

瓦琼悲剧发生之后，这项吵翻天的活动随之销声匿迹。我们成为全国瞩目的焦点，可不能贸然进行爆破。接受了几年的社会救济后，我们又恢复伐木。在此同时，电动链锯出现了，而且几乎人人都得乖乖地守法。我个人并不后悔曾使用过这个方法，但我也必须承认这个点子在当时实在很具"爆炸性"。有时候，我的想象力会跑出受虐的倾向，异想天开地幻想将这个手法运用在我们这个时代。想象在一个暖和的4月天正午，一声轰然巨响震撼了平静的山谷，将会造成怎样的印象呢？调查局或许会赶紧跑来了解是怎么一回事。而当我们两手一摊，向调查员坦承我们只是在捡木柴，可能会激起他们的恻隐之心，立刻十分热心地伸出援手来，就和我们过去接受救济时一样……

梨树和苹果树

父亲决定把家里的梨树和苹果树砍下来,大家听了都很失望。我花了好几天时间试图说服父亲放它们一马。但他不依,一边持着锐利的斧头等候月亮下山,一边固执己见不断地重复:树根枯了,没什么用了。

的确。伫立在庭院一侧的这两棵树,早在几个月前就枯萎了。就算地底下的根部还有生存的斗志,上头的树枝是再也长不出什么来了。树根就好比慈爱的母亲,直到临终前,还一直帮着陷入困境的孩子。但母爱再伟大,仍不足以唤回果实重返枯枝。夏季宅院四周绿叶成荫的景象已不复见。只是到了暮春,苹果树上的一根枯枝遽然冒出三片绿芽。但不过是昙花一现,挨不了多久,没几天,就掉光了。

后来,意外事件逼得我们不得不关起家门远走他乡,只好放任那两棵树自生自灭。瓦琼大灾难过后,生还者疏散到其他村落,也眼睁睁地看着自己逐渐残败凋零。人们的声音消失了,牛不再利用树皮搔痒,再也看不到村人的脸庞,爬到树上摘水果的小朋友不见了……梨树和苹果树心想,与其这样,倒不如自行了断算了。这么一想,不禁悲从中来,变得奄奄一息。

四年后我们返乡时,这两棵树体内的恶性肿瘤已经转移到全身,但看到我们,还是很欢喜。它们察觉我们三兄弟缺了一个,有点难过。接下来几天,我发现它们有康复的迹象,但其实只是回光返照。

"真丑!"父亲批评道,同时已定好砍树的日子。

显然,衰老并不受人们的欢迎,要不然,老人家干吗搬到老人院,选择在那种凄凉的环境离开人间?我们又凭什么说枯萎的树木不再美丽,再也没有什么用?或许年老会使人体变丑,但对植物而言恰恰相反:老干孑孓、纹风不动、枯枝迎空、张牙舞爪,这简直就是一件绝妙的雕刻作品,令人忐忑,且发人深省。更何况老树还能为飞鸟提供一个歇脚处。只可惜,庭院、菜园、花园中的老树都难逃遭砍的命运。难道在什么地方有这样的明文规定:不结果实的树木留不得?

在森林里就没有这种事。这里尊重生命的尊严,会让树木随着时间自行一步一步、一点一滴化为尘土。

"再种两棵就好了嘛。"父亲坚持道。他真的以为老朋友没了,可以轻易地由新朋友取代呢。

在我心目中,这梨树和苹果树是亲密的老伙伴。我们之所以乐意和某人或某物做朋友,通常是因为对他们的第一印象不错。之后,友谊会随着平日的培养而愈益深厚。有福同享、有难同当,分享彼此的喜怒哀乐、好恶等情绪,这些经验能使感情更加稳固。可惜人与人之间的友谊维持不了多久,我只有在自然界中才能找到永恒不变的知己，因为大自然总是乐于饶恕，对于人类的善变，不过是一笑置之。

庭院这两棵树陪伴着我度过童年到青少年这个人生的重要阶段。而现在，它们正因为人类的思考逻辑而备受威胁。对我来说，它们还没有死。不过是衣不蔽体、摇摇欲坠罢了，但绝对还没有死，还继续用一种神秘而甜美、大多数人听不懂的语言对我说话。

一个月后，复活节期间，父亲决定是把它们拖走的时候了。四周的植物都已繁花绽放，只有这两只可怜虫一丝不挂，仿佛两个乞丐夹在一群盛装的王公贵族当中。在一个井然有序、宁静祥和的社会，与众不同的人会立即引人侧目。他们的出现，与成功人士组成的一元化的社会显得格格不入，因而受到排斥、孤立、打击。就这样，人类这种会思考又坏心眼儿的动物，堪称自己拥有天地万物的生杀大权。

首先挨刀的，是苹果树。那天是耶稣受难日，礼拜五。这一天具有奇妙的力量，足以使万象更新，将原来徘徊不去的灰色思想赶走，并说服你放下一切，好好休息。斧头在父亲熟练的双手引导下，精准地穿入树木已无生命气息的体内。

父亲请我助他一臂之力，却被我拒绝了。我已经长大成人，不再对他心怀畏惧、千依百顺的。我已经可以自作主张了。

树木倒地那一刹那，干枯脆弱的躯干顿时粉身碎骨，纠缠在枝丫之间的历历往事，也随之四散飞扬。我对这棵苹果特别有感情。小时候与它紧密相连——我指的是实质的肉体相连。被处罚的时候，父亲总把我绑在它的树干上。弟弟则是被绑在梨树的树干上。

我们兄弟俩小时候很皮，偏偏父亲对孩子的管教方法又十分极端。每次一捣蛋，就给我们灌大量的蓖麻油，而且不等满嘴恶心的泻药味消散，就又把我们分别绑在苹果树和梨树的树干上，命令我们将双手伸到背后。我至今还记得那个可恨的容器：那是一个边缘鼓起的小瓶子，里面装有大约五十七克骇人的液体。我也忘不了那泻药的浓度：像是在开我们玩笑似的，那液体浓到令人作呕，根本无法一口气咽下去，只会以慢到令人不耐烦的节奏，从瓶子缓缓滴进嘴里，既是在惩罚我们，又像是在嘲弄我们。

强灌蓖麻油的处罚方式如今大概已成绝响，我们兄弟俩何其有幸，竟能吊上这个酷刑的车尾。泻药的剂量永远固定不变，但绑在树干的时间有多长，则要视我们惹的祸有多大而定。有几回，我们犯的错非常严重，好比说忘了挤牛奶，那么就要被拘禁五六个小时。离我们家十来米的钟楼上，高高地挂着一个日晷，一清二楚地刻画出处罚的时间长度。有时，远方突然传来上学的孩子的声音。弟弟因为对自己的处境感到窘困，会羞得把头低下去，直到孩子全部离去为止。有的顽童看我们这时好欺负，会说些挖苦我们的话，要不就是拿小石头丢我们。我们总以为儿童天真无邪，但他们有时偏会干出一些惨绝人寰的坏事。弟弟气得恐吓道，我们一被释放，就要他们好看。

有一天，住在隔壁的老太太安杰莉卡实在看不下去，就带着剪刀出门,想把我们给放了。父亲没给她好脸色看,大吼大叫的,把她吓坏了,根本下不了手。老太太败下阵来,只好回家。不过,在关上大门之前,她嘘了父亲一声:"真丢脸!"父亲听了一愣一愣的。

我们也曾在这树的怀中度过快乐的时光。夏日果实累累,时机一到,我们就爬上去采摘。果实虽小,却十分美味。我们可以一眼看出哪几颗已经成熟,每隔两三天就上去搜刮一番,绝不让任何一颗因熟透而落地。

我攀附着树皮吃力地往上爬,脚的皮肤都擦破了。就这样,在小小年纪就修完登山的第一课。我敢说,所有的登山家,都是小时候在不知不觉中从爬树起步的。

夏、秋、冬三季,我们几乎每天都会爬上去,只为了享受那种高高在上、悬在半空中的乐趣。只有春暖花开的季节,大人会禁止我们上去,以免影响将来的收成。

有一次,我在树上躲避村子里一位老翁的追踪。他因为被我突如其来的举动吓到,烟斗从掉光牙齿的嘴里喷出来,气得火冒三丈,立刻握着修剪树枝的剪刀从后面追上来,要我赔他一大笔钱。

有一只金翅雀,每一年都会停在梨树上筑巢。等到树叶凋零的时节就离去。

有一天,梨树上结了一颗黄澄澄的梨子,那样籽实在诱人,使我顾不得伸出墙外的树枝牢不牢固,不顾一切后果硬要去摘,眼看就要摘到手……那个年纪的我喜欢碰运气,不巧那天运气不佳，但至少实现了人类自古以来渴望有朝一日能够展翅飞翔的梦想：我重重地摔在树枝下面的圣罗科路上，摔得两个脚踝都脱臼了。我被抬到小房间的板凳上躺着，父亲非但没有问我痛不痛，反倒因为我把树枝弄断了，赏了我一个响亮的大巴掌。

那年的耶稣受难日，我儿时的亲密玩伴兼患难之交梨树和苹果树被砍的那天，上述这些场景又返回堆满残枝的庭院重演一遍。现在，这两棵树倒在孕育着它们的土地上，化为碎片，四处散落，乱成一团。对我而言，这些碎片意味着：饮食、起居、工作、玩乐、山岳、江河、劳累、歇息、喜怒、哀乐，还有那些风风雨雨的往事……一棵树蕴藏了土地上的所有一切。

黄昏，咚咚的鼓声响彻云霄，通报"十字架之路"就要上演。村里几百年来一直保留着这项纪念耶稣之死的仪式，等到夜幕低垂时，一名男子将被钉在由两根树干交叉而成的十字架上。而那天的十字架，是由一根梨木和一根苹果木所编成。

提拉抬爷

自开天辟地至今,已经过了无数个世纪。古往今来,科技不断进步,日益发达。人类为了替自己免去种种麻烦,绞尽脑汁,装配了许多合用的器械。从轮子的出现到我们这个时代,一项又一项因应人类需求的发明接踵而来,而其终极理想,就是省下所有的力气。这样的发展将永无止境。当今的科技研究更上一层楼,成功地开发出许多省力的精巧机器。

这些例子可说不胜枚举,相信大家早已耳熟能详,如果一一列举,不但无聊,也没有必要。不过,其中倒是有一个玩意儿值得一提,那是我多年前在电视上看到的,其壮观奢华的程度,令人瞠目结舌。那是一间现代化豪宅,就在美国,真巧,不知是哪个亿万富翁的。一个机器人先在大门口迎接主人的归来,接着帮他盥洗、喂食、抱抱,再带到电视机前面,把他当个小孩般照顾得无微不至,最后送他上床。从头到尾,主人连手都不必从口袋伸出来。

这主人如果是个寂寞的单身汉,那么,只要按个钮——不,应该说只要机器人按个钮——就会如魔法般从墙上跑出一位妖艳的塑料金发女郎。但接下来并未详加说明：这个有艳福的男子，是要自己上下其手，还是由机器来操控。

多么了不起的发明！请听好，我并不反对进步，相反，我还真希望自己也拥有一栋这样的房子呢。但我相信过不了多久就会把这房子弄坏，因为我自认为懂得比发明这房子的人多。比如说，我会实时把这塑料女郎支使开，换上一个活生生的尤物，借此证明我对先进的东西一点也不懂得欣赏。

总之，人类为了图个方便，不断地研究、创新，照这样发展下去，四肢越来越派不上用场，逐渐萎缩，终有一天会被躯体并吞，而完全消失。

到时候，地球将出现一个新的人种：有一颗过度发达的大圆头，却没有一技之长。为了向前移动，这种人必须把自己的头当保龄球滚动。脑袋瓜内的想法、点子一起跟着翻滚，全部搅在一起，混淆不清。

于是，这圆头人种到达目的地以后，已不记得当初为什么要来这里了。

说笑归说笑，但不可否认的，这个世界几百年来深陷科技大河的漩涡，再也爬不出来。不过，这条大河偶尔也会分出一些耿直而顽固的支流，硬是要走自己的路。小溪的孕育者，是一些并不反对进步，但尽量少用人工产物以求生存的有识之士。他们属于"死脑筋"一族，在许多行业当中，还可以找到他们的踪影。我个人认识几个这种不怕麻烦的蠢蛋，他们是：干粗活的工人、坚持用斧头伐木的樵夫（电动链锯如今都已经上了银幕了呢）、用笔写作的作家、用脚走路的健行者，还有只爱真实女人的男人。而这些人当中，就意志、韧性、难度、耐力、技艺各方面来评分，锦标非拖曳树干的工人莫属——我们这里的俚语管他们叫"提拉抬爷"（tira-taie）。他们干活儿时，只用一把斧头和一个用来钉入树干、附有圈圈的钉子，一砍下树干、修剪一番，就拖到山谷。

拖曳树干的难度很高，和在这世上求生存一样，需要具有前瞻性，并筹划未来，不是人人都做得到。想进入这一行，必须从小就接受训练，习于吃苦。当树干跟在你后面自由滑行的时候，步伐轻快，不会捣乱。但行进当中难免会遇到阻碍，要是踟蹰不前，就得用拖的方式。有时可以拖得很顺利，毫不费力地使树干快速奔驰，但更常见的情况是，树干倏地停下来，只顾着把鼻子埋在土里，怎么拖也拖不动。

"提拉抬爷"手持拖曳的绳索，与树干的气息相通。这绳索会将彼端的一颤一动，也就是木头的所有反应传送过来，而最重要的，是传来神经末端最最细腻的感觉，以便了解树干的心情，免得惹它大发雷霆，避免接下来的激烈反应。举个例子吧：拖到一半时，忽然遇到障碍，挡住前面的去路，这时要是死命硬拖，把树干惹火了，就有得瞧了；它会突然停下脚步，把这位大意的仆人搞得一脸是灰，更别说可能跌个四脚朝天了。绳索要是太短，"提拉抬爷"拖不了多久，脚后跟和膝盖就会脱皮。相反，要是太长，就会白做工，再怎么使力，树干还是横躺在地上，丝毫也前进不了。

拖树干就和在世上生存一样，需要时时调节体力，使劲的同时，也不忘放松。干这一行需要高度的耐心，很消耗体力，而又困难重重，做久了，爷们儿的面容也变得不一样了。在他们脸上，我们找不到匆忙、不安、愤怒、焦急的痕迹，而是神闲气定、逆来顺受、咬紧牙关、坚定不移。

不知情的旁观者看到正在干活儿的拖木工，很容易联想到建造金字塔的奴隶，而替他干着急。他们简直不敢相信在即将进入21世纪的今天，还存在着这种做牛做马、卖命工作的人。只要一把电动链锯、一辆曳引机、空中索道，或其他便利的工具，不就轻省得多？何必这么辛苦呢？

但爷们儿坚持走老路的意义恰恰就在这里。鳟鱼为了求生存，得沿着瀑布逆流而上；跳高、跳远选手为了缔造好成绩，得先退后几步再助跑。而"提拉抬爷"逆向而走，正是为了提醒自己：人生掌握在自己的手中。

他们十分清楚那树干比自己强壮好几倍，但还是要用经得起时间考验而又可靠的方法来完成这项任务，只为了证明自己还活着、还有用、还够壮、还没有老、还保有强烈的好奇心，想知道事情的结局究竟会如何。只有这样，当年事渐长，精力从指尖溜走，他们才能坦然接受这个残酷的事实。

这么一来，当绳索刺痛他们的肩膀时，就不会黯然神伤了。随着时间和经验的累积，我从拖木工身上学会不少道理，并试着将他们的人生观应用于日常生活，就这样，我也成了"提拉抬爷"。很久很久以前，一位和他们一样不怕麻烦的人告诉我一则博尔赫斯[①]笔下一种传说中的鸟："传说中这种鸟

[①] 博尔赫斯（Jorge Luis Borges，1899—1986），20世纪阿根廷著名作家、诗人。

很得加拿大樵夫的欢心,它们喜欢倒着飞,因为它们所关心的,不是前瞻——看看自己往哪里去,而是后顾——记住自己从哪里来。瞧,在现实中行走的我们,不也和它们一样?"

树叶

秋天一到，树叶就开始离家出走，纷纷从树上飘落。树木承受明媚的春天与火辣的夏天诸般捉弄，是既疲累又困惑。雷雨、飓风、狂风和炎阳的重重打击，将它们的叶片染上一层古朴美丽的铜绿。现在，它们只想好好休息、深深反省，并为冬眠做好准备。

在这个准备期，树木须要独处，于是放任叶子往下掉。不过，将叶子交给秋风以前，树木会先为叶子穿上缤纷绚烂的暖色系华服。这是树叶在各奔前程、奔向未知的旅程之前，从父亲手中接下的最后一件礼物。每一片叶子一呱呱落地，就已经遗传到树爸爸的特质，因此，秋日陨落之际，我们从它们落地的模式，便可揣摩出每个树家族的特性。

想了解这一点，只要在11月天到森林走一趟便够了。坐下来仔细聆听，那种种景象会让每个人感到兴味盎然。

落叶松性情孤僻，落落寡合。它生长在陡峭的山脊，傲视群木。它的针叶孩子只要手轻轻碰触或风轻轻吹拂，就会无声无息地掉下来。这些孩子不会远走高飞，只会随着细雨淅淅沥沥掉到树底下。它们感念父亲的养育之恩，不想死在离它太远的地方。

再来看看盛气凌人的槭树吧。槭树笔直光滑，洁白俊美，它的叶子凋零的时候，也和父亲一样，喜欢引起别人的注意。槭叶会在寂静的森林中发出刺耳的噪音，宛若玉蜀黍的外壳扑通落地。而一抵达地面，就急着想离开，到别处招摇。但年轻的风连轻拂一下也不肯施惠给它，只有那又累又爱发牢骚的老风，为了证明自己还有点用处，会阵阵吹来，帮它东移一点、西移一点。

鹅耳枥体态僵硬歪斜、矮小干瘪，个性害羞而阴郁。它对自己不雅的外观感到自卑，只好藏身在人迹罕至、岩石密布的地方。叶子陨落的时候，一声不响地掉下来，绝不会大声喧嚷，甚至等到入夜以后才掉。一抵达地面，就躲在岩石之间，回到它那不幸的父亲的起源地。

相反，山毛榉生来就嬉皮笑脸，什么都好，不论面对什么情况，总是一副优哉游哉的样子。和叶子分手的时候，神态还是和平日一样，喜滋滋的，毫不在乎，只是面带微笑将成群结队的孩子送走。叶子离家时身着一袭深棕色衣裳，轻浮而嚣张地在空中舞动。抵达地面后四处散落，对出生地一点也不眷恋。它们爱和变化多端的风嬉戏，而最爱的，是会将它们吹到各地、令人捉摸不定的强风。山毛榉的叶子轻蔑死亡，在离别的时刻分外团结。当风神埃俄罗斯在伯兹亚洞窟内休息时，还真的可以在一些出乎意料的地方遇到堆积如山的山毛榉叶，正准备重新出发呢。

俊秀高雅的桦树喜欢热闹，不爱单调的场所，也不爱笔直的线条。身材高大，玲珑有致，从它的轮廓我们依稀可见人体的线条美。与孩子分手前，会先教它们跳舞。挥手告别后，树叶翩翩起舞，如舞艺精湛的芭蕾舞者，以回旋疾转的优雅舞步缓缓而降。它们不甘在落地处停滞，会随着天意继续以旋转的典雅舞姿飘向远方。

你在森林里的时候，如果适巧有一片桦树叶飘到你身边，那么好好地观察一下吧，你会发现它那薄如纸张的脸上愁眉不展。

其他类型的树还有很多，有的自私自利，有的愤世嫉俗，有的占有欲强，有的专制独裁，有的想永葆青春。还有的就和一些为人父母者一样，坚持主张自己的孩子比别人家的聪明可爱，而且说什么也不肯让孩子离开自己的怀抱，好比冬青属的植物吧。它们总是干干净净、整整齐齐的，让人找不到一丝缺点，血红的浆果与常青的绿叶形成强烈的对比，令人印象深刻。父亲从春天到冬天，一年到头坚持把孩子留在自己的身边，而孩子也颇以出身显赫的家族为荣。不过，这些叶子由于老是动弹不得、无缘结识其他同侪而心怀怨恨。结果变得尖酸刻薄，动不动就发脾气；它们的轮廓成锯齿状又多刺，是一种充满敌意的体态，僵硬而紧绷，总让人觉得不怀好意。我们在它们脸上看不到悲伤忧郁，只有怀恨嫉妒，因为其他幸运的姐妹都能远走高飞而归天，自己却不能。

世上苦命的孩子何其多，白杨树的树叶就是其中一个例子。它们的父亲生来不幸，浑身上下一无是处，连用来生火也不行，以至于被众人嫌弃。为了自我安慰，它宣称白杨树的纤维可做成纸张、装订成书，但内心非常清楚这实在没什么大不了，说出来还真令人泄气呢。它的孩子离家时几乎已没有任何生命迹象。其实，在家的时候它们早就想做个自我了断。伤心展翅时，暗淡无光、面无血色。悲凉的一生使它们的外衣千疮百孔，凋落时，空气起不了支撑的作用，一眨眼就坠落地面，迅即入土为安，迅即腐化。

金链花木出身贵族，严厉而冷酷。它不像胡桃木或紫杉那么高傲，但很保守。它关心孩子的未来，又是个宿命论者，时间一到，就会毅然决然与孩子道别，将它们送给秋风，一点也不懊悔。金链花叶三五成群鱼贯投向大地的怀抱，动作轻柔，而且总是手牵着手，相亲相爱。到了地面，它们仍然紧紧依偎着，久久不肯分离，直到地面结霜，才被强行分开。而在此同时，树爸爸早已安然进入梦乡了。

在我所认识的树木当中，胡桃木最惹人厌了。它自命不凡，不把所有的人放在眼里。我因为工作的关系，经常和它打照面，曾问它为什么那么狂傲。

"都是你们的错，"它回答，"都是你们这些轻率的人类，硬要歌颂我有多好多好，把我捧上了天。还有，你们做了很多不该做的事，千百种平淡无奇的事物经你们一炒作，变得身价百倍，令人趋之若鹜。家具你们指定要用胡桃木，地板你们指定要用胡桃木，梯子、汽车仪表板你们指定要用胡桃木，连死人用的棺材你们也指定要用胡桃木。因为你们的无知和愚昧,导致我高高在上,而现在,你们不过是自作自受罢了。"

我听了哑口无言。

胡桃木的叶子落地的时候,总是一副旁若无人的样子,大声嚷嚷着,非常热闹。即便死到临头,还是不放弃出风头的机会,毫不害臊。为了引人注目,每九个姐妹成一组,乘坐嫩枝从树上飞下来,好像在说:"各位请注意,我们就要死了,但我们可是胡桃木的女儿呦!"

它们相信万物终有一死,是以能勇于面对。有一天,一片叶子论起死亡。它发现我很怕死,不禁讥诮道:"别太在意啦,即便是死亡也有死的一天。当我们死的时候,它也会跟着我们一起死呢。"

由于一则古老的传说作祟,胡桃木的落叶在今天已经没有任何利用价值,就是送给农人也不要。

这则传说是这样的:很久很久以前,众胡桃木的始祖与一头母牛斗起嘴来。这头正在用角摩树皮的母牛吵得十分投入,口吐一大堆脏话,把胡桃木始祖给惹火了。一气之下,它决定不再供应胡桃木叶给农人铺牛舍。从那时起,哪个农人要是胆敢拿胡桃木叶当褥草,用来铺牛舍,碰到这叶子的母牛不出几个小时就会断奶。

限于篇幅,加上个人的认识粗浅,无法在此一一阐述所有植物的叶子临终前的景况。但光是观察以上这些现象,便令我感触良深。我一直注意到天地万物有幸、有不幸,有丑陋、强悍、寒酸、开朗、卑劣等类型。植物也和我们人类以及其他生物一样,有的走得静悄悄,有的走得好不热闹。从个人的经验,我也可以预见:秋日树叶方才脱落殆尽的森林,待冬天再去走一趟,将完全不见落叶的痕迹。届时,各种色彩、气味、杂音都将笼罩在一片无形、无相、无色的混沌之中,消失得无影无踪。届时,瑞雪初访大地,凄然以白纱覆盖那满坑满谷的尸骨。而这些死者,生前虽然各个不同,现在死了,全都一个样。

第二部

动 物

布谷鸟

老朋友回来了！就是你每年殷切等候的那位老朋友，又出现了。它出其不意地在森林露面，和往常一样唱起歌来。

最早回来的那只布谷鸟从不爽约。森林中有许许多多的布谷鸟，但在我们的印象中，引吭高歌的，永远只有那一百零一只。不管降雨、下雪，或从山头刮下强风，它总是准时来报到。4月天的一个早晨，你起床后出门捡木柴，这才发现，嘿，它就在这儿呢。你乍然听到它的歌声，觉得好不开心。"布谷、布谷。"这歌声预告了：春回大地、万紫千红、百鸟开始筑巢、太阳逐渐加温。这歌声也预告了：蜜蜂出来拈花惹草，公鸡就要坠入情网，而万物睡了一季冬，即将苏醒过来。

一年之首并不在元旦，而在4月。小溪也恢复歌唱。冬天冻成玻璃的水面，把它的歌声闷在水底，几乎令它窒息。现在，它借着歌声，抖掉身上最后几片玻璃碎片。

有一天，我和一名来自米兰的朋友一起去爬洛迪那山，取道厄多和奇莫拉伊斯这两个村庄之间的圣奥斯瓦尔多山路。他五十来岁，是名工程师，偶尔也会向我买点艺术品、岩石什么的。旭日正在推挤科尔内托山，想从山脊那边溜出来。布谷鸟一首接着一首啼唱个不停。那悲戚的歌声令人有点心酸，主旋律近在咫尺，共鸣组成的和声却远在天涯，简直像是一首骊歌。那歌声宛如在温柔地告诫我们，春天不会久待，千万不要浪费这大好时光。

对这美好的歌声，工程师却充耳不闻。我要他仔细聆听，他非但不肯，反而吊起书袋，阐述起布谷鸟的种种习性，内容之无聊，令人直打哈欠。这令我联想到那些热心有余、感受力不足的登山指南编辑，为了解释如何攻克某座山峰，竟然一丝不苟地介绍起这座山的地质结构。要不是我及时打断他，最后可能还会从这位学究身上学到这鸟身上共有几根羽毛呢。不过我还是难逃这么一课：原来这小东西是个寄生虫。

这些玩意儿我全不感兴趣；我只要听到它的歌声，就很高兴了，其他一切都是多余的。爬完山回来，这位顾客连一杯啤酒也没赏给他那位未领执照、可怜兮兮的导游。还说什么寄生虫呢。

这趟登山的结局，完全出乎我意料。

布谷鸟会把蛋下在别的鸟的窝里，然后开溜，所以被当成无赖。但这并不是它的错：造物者起初就把它造成这个样子。而如果把它造成这个样子，一定有个明确的理由。但为什么要伤这个脑筋，非要找出是什么理由不可呢？这个世界充斥着许多无啥用处的学问：有人经年累月研究蚂蚁为什么会以特定的模式移动，而一旦与这小昆虫正面接触，却又麻木不仁，感觉不到它们在世上也占有一席之地。人生朝露，想与这短暂的时光和睦共处，只要以单纯的眼光去欣赏它们，明白世上有这么一种生物存在，就够了。

更糟的是，这名工程师的饱学竟然和荒谬的迷信一搭一唱。我们到达洛迪那山的时候，一只猫头鹰刚好从树丛飞出来。我这位朋友吓得脸色发白，愣了几秒钟后，做了这样的宣判：噩运和死亡就要降临到我们头上，我们等着瞧吧！他之所以被吓到，只因为本该昼伏夜出的猫头鹰竟然在白天出现在我们眼前。我还以为只有住在山上、脑筋古板的居民才会有这种荒唐的想法呢。得了吧！猫头鹰是人类的好友，既恬静又机敏，会不露痕迹地伴随夜行的人。它们居住在黑夜与白昼的交界点，俨然看守着生与死。我告诉工程师，不管那猫头鹰叫不叫，我早已做好随时随地会离开人间的准备。

我试着向这位没有安全感的学究解释，春天是个既美丽又艰难的季节：这是一个动身出发、迎向新未来的季节。

但随着年事增长，人越来越难重头来过。春天的某些日子，每个人的脸上都充满悲观的色彩，意志消沉，感到前途茫茫。因为春天的我们，正准备重新出发，既是全新的，也是软弱的。这时，不妨到一块林中空地坐下来，这是一处神奇的所在，时间会在这里停下脚步；坐下来等候吧。安然耐心地等候，最好带着一本书。它很快就会来到。"布谷，布谷。"这歌声会往下深深蹿进我们的心坎，就在我们内心深处那个几乎没有人会来造访的地方。那是一个尚未被人间的背叛搞得万念俱灰的处所,那是我们想赶尽杀绝的种种情绪逃亡的一片净土。在这个时刻,你将会领悟到:坚持有其必要,人间尚存有若干美好事物,我们仍可在此多待须臾。

布谷鸟真够朋友。它总是来得正是时候。它会借着自己的哀愁将你从愁绪中拉拔出来。天地万物一直想与我们和平共存,只为了助我们一臂之力。可惜人类耳听大地之声、眼观大地之色,并借此自我治疗的本能已经越来越薄弱。即使是在城市里,只要在窗台上摆一盆天竺葵,就听得到布谷鸟的歌声。但想听得到,得先停下脚步来倾听,一天大概只要几分钟便已足够。这时,我们很可能会蓦然回首,回到小时候一切似乎都还很美好的那段时光。那是涌自我们内心的歌声,正在回应布谷鸟的呼唤。这意味着有什么东西正往下蹿进我们的内心深处。

春天的种种声音是一帖溶剂,可以融化失败、消沉、悲观等负面情绪,那些妨碍我们通往那块神奇之地、通往那片遥远净土的情绪。那是一个不易抵达的地方,是我们想扼杀的各种正面情绪的藏匿处。而布谷鸟的歌声,便是这其中的一种声音。

黑琴鸡

小时候,父亲常带我到山上打猎。秋天我们去捕捉羚羊和獐鹿,冬天用玻璃瓶装着有毒的氰化物来猎杀貂和狼,也就是父亲口中——他特别加重语气——"有害的动物"。对谁有害呢?今天的我扪心自问。看它们那胆小的样子,总是鬼鬼祟祟、谨谨慎慎的,在雪地上一坨软绵绵、松泡泡的绒毛,这样的小东西,能害谁呢?

到了春天,四五月间,我们就去猎黑琴鸡。雄鸟在这个甜美的季节春心荡漾,特别容易接近,我们再伺机射杀。长大以后,我才晓得这是很残忍的行径,就洗手不干了,而且从不感到遗憾。在那个年头,几乎每个人都有义务继承父亲的志业,管它是打猎还是酗酒,谁要敢以性情不合为由而拒绝,就要自求多福了。

在这种残酷的气氛下长大的孩子,与大自然和平共存的本能会退化。任何一件恶行经过一段时间的调适,将变得稀松平常,说做就做,没什么大不了的。

孩子的心灵好似一块木板,经验的钉子在上面刮出的痕迹消弭不了，就算那刮痕会随着时间淡化，但将永远留在木板上。于是，每年一到春天，我成为每逢月圆之夜就原形毕露的狼人，被那段童年往事纠缠、嘲弄，被逼得几乎要重新拿起猎枪。但逼迫我的恶魔终究没有久留，转瞬间就会离去，让位给记忆自个儿去想当年。

春寒料峭的4月天，空气中飘浮着早春的气息，我跟着父亲在黑漆漆的夜晚长途跋涉。父亲要我小声讲话，但他的警告根本是多余的，因为我连自己的声音都会怕，更甭提开口说话了。我总觉得有成千上万的陌生人在暗中窥视我，但无法分辨究竟是好人还是坏人。我后来才知道他们是谁：原来是森林中和善的精灵，现在都成了我忠实的同伴。但在当年，他们带给我一种异样的焦虑感，却无法向父亲表达。父亲太过实际，又粗里粗气的，不会懂的。

半途休憩的时候，父亲会点根烟来抽。黑暗中看不清他的脸庞，只见烟灰的余烬在他嘴边缭绕，整个人不见了，只剩一团黑影。有时，他会边抽烟边告诉我他年轻时的经历，说起初打猎的时候，老猎人对待他这个小伙子的态度有多粗鲁；说我可以跟着父亲，什么都不必怕，应该感到很庆幸。他哪里晓得那几趟夜行途中，我其实是又累又怕，我也从来没跟他讲过。当时人在外面，心却老飞到家里那张温暖的床铺，弟弟们此刻就睡在那上面，真是好命。我因为是老大，比较倒霉。

父亲有几回会记得向母亲挥手告别，但总是冷冰冰的。

我们父子俩趁着寒气尚未逼近，赶紧出发。我们从不赶路，免得过早抵达狩猎地点，得在刺骨的寒风中等候黎明到来。抵达目的地后的准备工作，总是一成不变。父亲先将几根山松的树枝插在雪地上，成一个半圆形的壕沟。这是为了不让黑琴鸡发现我们踪影的掩蔽处。至于我呢，则设法巩固这项工事，使它撑得久一点，因为壕沟完成后，得长时间坐在里面，一动也不动地等到黑琴鸡在破晓时分抵达这里。但有时候猎人还是会到得太早。父亲计算一下时间，卷了纸烟，在沉寂酷寒中枯坐上好几个小时。有时他发现我打起哆嗦，会带着嘲讽的语气问我："你一点也不冷吧？"

他早已知道我绝不会说冷。这要感谢他教导有方，他常教我们凡事都不要抱怨。这时，他会脱下身上的夹克，披在我的肩上。身上一暖和起来，我就不禁睡着了。

有时，在一片幽暗中，我会觉得他是个跟我没什么血缘关系的坏蛋，觉得他很讨厌。等到晨曦照亮他那朴实的脸庞，我才又恢复对他的感情。

一道熹微的晨光划过天际，宣告黑夜已过。众鸟兽一觉醒来，唧唧啾啾聒噪起来。猫头鹰展翅飞翔，卷起一阵风。种种奇异的鸣叫、刺耳的噪声有如从天而降。这时，黑琴鸡遽然铆足全力、高啼一声，向对手挑战，那声音之高亢昂扬，令人生畏。这是极为生动而刺激的一刻，宛如抛来一声沙哑的冷笑，向对手挑衅。父亲却不为所动，反而更加谨慎，我看了之后仿佛吃了一颗定心丸。他模仿其中一个对手的叫声，紧张地等待了片刻,黑琴鸡怒气冲冲地向我们扑过来。说时迟、那时快,震耳欲聋的枪声从我们这头响起,打破黎明的寂静。这一幕真是扣人心弦。隆隆的枪声在山谷中回荡,久久不肯散去,而小小年纪的我,总觉得这一枪会让全世界的人发现我们的去处。我感到强烈的不安,想象猎场看守员和警察会来追捕我们。有几回,还真的发生这样的事呢。我飞快跑到那只可怜的黑琴鸡身边,将它捡起来——它的羽毛还在拍击着清晨的空气——再全力冲刺到远离犯罪现场的安全地带。

父亲抽着烟,缓缓地从我后面跟过来,一副非常满意的样子。他一手抓住鸡喙,提着在半空中晃来晃去的黑琴鸡,一手整理鸡毛,从上往下扒梳。如果猎到的是尾羽有五根弯曲羽毛的品种,父亲会特别高兴。我却会心痛一阵子。

打完猎后,这一整天随便我们怎么打发都可以。父亲会带我去爬这一带最好爬的一座山。

"太阳先从那上头露出来,"他告诉我,"从那里可以看到山的另一边。"

的确,当我们爬到了山上以后,那里已是阳光普照,远方的平原却才刚刚破晓。

等到天完全亮,我们就去森林里生火取暖。

父亲是生火的高手。他常说靠这行吃饭的,必须具备在雪地中生火的能力才行。他到巨松下面到处搜寻,如老鼠般在白雪和枝丫之间潜行,抱出一把火柴般大小的白色细枝条;然后再度进出,这次找来较粗的树枝。一切都按部就班:底下放最细的,其次放较粗的,以此类推,最后,将最粗的树枝放在最上层。他会在木柴堆底下留一个洞口,用来塞纸张。

他从打猎专用的夹克口袋中抽出一张报纸,再撕下一小片:"绝对不可以浪费!"他会这么告诉我。

父亲那件深色的灯芯绒夹克像一座仓库,里面藏了好多东西,好比绳子、纸张、小刀、弹药筒、双筒望远镜、奶酪、面包等。他用火柴将纸点燃,塞入洞口,先是升起一缕蓝烟,过了几秒钟后,窜出火苗,火势越来越大。

我们小心翼翼地把猎枪和猎物收好,坐在营火旁享用点心并取暖。我努力回避父亲的目光,因为我晓得他想知道我内心的感受,而要是让他发现我很同情那只被屠杀的飞禽的话,就完了。他会讲一些既刻薄又讽刺的话:"你真是个饭桶,一点用也没有。"

"不要有罪恶感,要不然长大以后,你的日子会很惨。罪恶感、后悔这些没用的东西,就像是延伸到路上的树枝,会挡住我们的去路,"他重复,"要是不赶紧折断,下次再经过那里,又会碍事。"

但树枝折断了还会再长,感觉消失了还会重现。否则,又该怎么解释他晚年眼中的忧戚与茫然呢?在这位善嘲讽又严厉、自己却不自觉的老师的调教下,我在八九岁的小小年纪就跨出了登山的第一步。每当回想起那段日子,经常会情不自禁地看见那巨石被晨曦染成金黄的影像。

但父亲爬的山毕竟很有限。过不了几年,我开始去爬他不曾带我爬过的山。经过严格的训练,我的登山技术大为精进,已经可以攻克任何一座想要征服的山峰。只是这其中有得也有失。小时候刚猎完黑琴鸡后,总是难过得想逃到其中一座山峰藏匿起来。那些环抱着山谷的高山曾经是那么神秘、那么高不可攀。如今已对它们了如指掌,那种神秘感与距离感也相对地消失;而这一消失,就再也无可挽回。

狐狸

每年的1、2月份是猎狐狸的季节。在那个清苦的年头,住在山上的人家省吃俭用。狩猎有一个重要的职责,那就是提供蛋白质丰富的野味。但除了肉类以外,猎物还有其他的经济价值。

猎人一年到头都在打猎,至于狩猎的对象,则视季节而定。4、5月份以低价供应黑琴鸡、松鸡、白野兔。夏季是淡季,不过还是不乏零零星星的雄獐鹿、欧石鹑、鹧鸪、山鹑。11、12月份专猎羚羊。1、2月份则以装在玻璃瓶内的有毒氰化物来猎杀危害人类的动物,这需要无比的耐心,尤其是猎狐狸。

虽然有些馋嘴的人敢吃这些被毒死的动物,但总是特例。在食用以前,得先用铁丝穿过狐狸或貂的尸体,浸在瓦琼河让水流冲击个至少两天,使肉质细嫩。只有经过这样一道手续,才勉强可以吃。不过,敢吃别人不敢吃的肉的人,毕竟是极少数。猎狐狸的目的,主要还是为了取得珍贵的毛皮。

等我们搜集到十来张狐皮,父亲就拿到隆加罗内卖给弗朗茨。他不惜付一大笔钱，但可不准有任何破洞，再小都不行，连伤痕也不行，否则行情立刻大跌，只剩不到原来一半的价钱，令我们大失所望。基于这个理由，猎人才会想到一个万无一失的方法：使用玻璃瓶装的有毒氰化物。这产品是奥地利制，装在安全无虞的小纸盒内，每盒装六瓶，玻璃瓶分置在六个凹槽内，裹上厚厚的棉花，以避免碰撞。这易碎的玻璃瓶成细颈状，黄豆般大小，末端尖细，致命的液体就装在里面。这是向一位医生买来的，他趁职业之便，很容易取得。

白天，我们利用吃剩的肉，开始准备毒饵。其做法如下：父亲在炉火旁烤一小块肥肉，待一变软，趁尚未溶化，小心翼翼地用大拇指和食指拧着玻璃瓶，插进里面。这个动作很危险，父亲全神贯注，不敢稍有松懈。我信奉"不怕一万，只怕万一"这明智的古训，往后退好几步。要是出了什么差错，玻璃瓶破了，冒出来的烟雾可是会要人命的。后退除了让我确保安全无虞，也是敬老尊贤的举动，向勇于将狐狸送进坟墓的父亲致敬。

看着他小心谨慎又自信满满地操作这死亡的工具，真令我心醉。整个过程中，他脸部肌肉紧绷，眼睑一动也不动，简直像是一具雕像。他坐着，只有手腕关节在动，手臂靠在膝盖上，上身保持不动。完成这个关键的步骤之后，许是为了纾缓压力吧，他会讲个故事，而讲来讲去，总是同一则：他一个打猎的友人，有一次意外打破了玻璃瓶，却奇迹似的逃生。我猜想这故事是父亲捏造出来的，因为一嗅到氰化物就完了,哪里逃得了生呢?

内藏着毒液的肥肉,大小和胡桃差不多,成小球状,外面再包上一块拳头般大小的瘦肉,一块毒饵就完成了。父亲通常做个十来块,有时更多。

黄昏时,我们测试煤油灯有没有坏(3月间夜晚捕青蛙,用的也是这种灯)。等到天色暗下来,我们就摸黑出发,并穿上厚重的衣物来御寒。我身上披着一件"狐皮大衣",这是爷爷留下来的,长及脚踝,几乎把我整个人都裹在里面了。

我的任务之一是携带一支长四五米的竿子,在顶端用绳子系上一把老旧的勺子。我们一路沿着瓦琼河的鹅卵石河岸前进,有几回曾一直走到同名的山谷内那条银线般的急湍跟前。这趟路有时会花掉我们一整晚的时间。到了某些特定的地点,我将竿子摆平,让父亲将毒饵放在勺子内,我再移到雪地上,动作既轻且慢,免得搞砸了。

使用竿子,我们的足迹便可以与毒饵保持相当的距离,而不容易被发现,与狐狸对峙时,便占了一点便宜。那狐狸可是出了名的狡猾呢。

结束这趟行程,回到家里,天都快亮了。奶奶已经利用埋在灰烬下面烧过的木炭,重新生起壁炉内的火。这一天早上可以睡懒觉,可是第二天,我们得回到摆毒饵的地方,展开一场长期的探索,有时长达十几天,对体力和耐力都是极大的考验。

我们必须一大早就出发,"趁着天要亮不亮的时候。"父亲这么说。带着双筒望远镜，同样的路线重走一遍，拿起望远镜远距离探勘氰化物的踪迹。流入山谷的瓦琼河在谷底安详地呼吸着，河湾吐出薄雾，一遇到寒气，瞬间凝冻，在鹅卵石上编织出繁复细腻的花草图案，河岸化为一座精致的水晶花园。灌木丛也罩上一层结冰的雾气，从远方看来宛若朵朵云彩。四下一片死寂。

爷爷嘱咐我在这一带帮他找一些石头，要用来打磨木器。他特别吩咐我要挑拣表面不会结霜、一浸水就呈猩红色的石头。这种石头非常稀有，不过有时候还是找得到。

我们迈步前进，靴子踩着冰冻的雪地，咔隆咔隆溅起细如粉末的雪花，寒气一路从脚底传到全身。

每当我们接近一块毒饵，父亲就拿起望远镜，瞄准下毒的地点。我抬头仰望，刚好可以看到他的脸。他不用开口，光从他的表情，我就知道猎物又耍了他一次，并没有上钩。

重新上路检查下一块毒饵之前，他放下望远镜，对那只早已逃之夭夭、精明无比的禽兽臭骂一顿，用的字眼简直让人以为他在骂一个淫妇。我们通常在中午时分完成巡视，然后垂头丧气慢慢地走回家。萧瑟的冬天，一对沉默的父子走在路上，各怀心事。

我们的对手要是够刁钻，这场竞赛可能长达好几个礼拜，让父亲恨得牙痒痒的，且充满无力感。我连带地遭殃，不禁担心起自己的命运。我得小心为妙，乖乖听他的吩咐，绝不许犯错，还得先设想他对我的举动可能有怎样的反应，再想出自救的对策，就好像一个生手参加一场危机四伏的西洋棋赛，主要的目的，就在尽全力避免输了赌注，以免被他狠狠地踢屁股。只是父亲有时候不守游戏规则，明明是我赢了，他却不分青红皂白把棋盘给掀翻了。这只狡诈的东西让我们徒然奔波了一整个上午，他感到既虚脱又沮丧，还压抑着满肚子的怒火。我也受到感染，渐渐地扭曲了事情的真相。狐狸其实是温顺谦和的动物，但现在在我心目中，已经变成阴险、邪恶、无可捉摸的敌人。徒劳的日子一天天累积、惨败的战绩一天天增多，这禽兽的轮廓也越来越神秘、越来越遥不可及，而且竟然像在做梦一样，跑出人的形象。就这样，我内心产生了一股强烈的欲望，想看到它的庐山真面目，想将它擒拿到手，想见识到父亲日复一日不断被它嘲弄的能力终于受到肯定。

"狐狸就和女人一样，"老先生揶揄着说（其实他当时并不算老，只不过在我眼中老得不得了），"不过，早晚总会落入我们手中的。"

听到他将两者扯在一起，当时的我并不懂得为什么，只觉得事情必有蹊跷。

我们每天在寒风的陪伴下不停地埋伏、耐心地检查，晚上在月亮的照耀下守夜（据说月亮会逼使狐狸走动），这样过了一段时间，终于有了动静。在巡察了无数遍之后，某一天早上，表面上看来和其他日子没什么两样，父亲贴着望远镜的双眼忽而一亮，那轻蔑女性的惯有冷笑更加显著。他放下望远镜，任它在胸前晃来晃去，卷了一根烟，叫道："有了！"

我从他手中接过望远镜，照他的指示瞄准目标。经过一阵慌乱的对焦之后，终于看到敌人黄褐色的身影，在颤动的微风中，一动也不动地躺在地上。

我的心跳加速。我是个急性子，为了抢先父亲一步先睹为快，拼命冲向那已毙命的禽兽。在离它半公里远处，我的想象力开始恣意奔驰，内心为它勾勒出千百种不同的面貌。距离拉近到只剩几米时，那神秘的角色终于露出真面目，正是我熟悉的面孔。啊，我们的苦难终于结束了，每天早上饱受讥诮、蒙羞的日子终于过去了。

那段四百米火速冲刺途中，我承认我的情绪相当复杂，一方面有种邪恶的满足感，另一方面又觉得内心的愤恨渐次平息。

然而，当我气喘吁吁跑近那已冻僵的禽兽身边，总会重复上演"变相"这一幕：我总是找不到那个敌人、那个狡黠的角色、那个在夜间捉弄我们的坏蛋。

在我跟前的，不过是一只娇小、无辜的狐狸。它横躺在雪地上，光亮的牙齿还紧咬着致命的毒饵，嘴巴因为惊吓和痛苦而扭曲变形。老先生在枯等那几天加诸我身上的沉重压力和诸多联想，顿时化为乌有。捆绑它那小小的身躯之际，我深感惭愧。它身上没有携带任何武器，现在虽然已经惨死，却还保持着生前那难以捉摸的身影拥有的高雅端庄与诱人的魅力。自己竟然这么气它，现在想起来，都觉得好笑。我想，那死去的狐狸恰恰足以证明我们的卑鄙。

父亲从后面跟上来，想都不想，就粗暴地将它抬起来，目测起尾巴的尺寸，接着就是噼里啪啦一阵毒骂，净使用针对女性的阴性词汇,尽管它明明是只公狐狸。过去这几天的连败、白费力气、失望、因为对手野性难驯而产生的无力感,就借着这一连串的脏话一股脑儿发泄出来。

我从狐狸口中抽出那块已无毒性的肉,将这头毛茸茸的小动物扛在肩上,和父亲一起重新上路。途中,我思想起肩上这个小可怜的命运:几个小时前,它还在积雪的松树间活蹦乱跳,可能要去找谁,或有谁正在等它吧。我以对足迹有兴趣为由,问对此很有研究的父亲:他认为这只狐狸在吞下毒饵以前,要往哪里去?但他一副很不耐烦的样子,三言两语就打发了我的问题:"要来这里啊,你要它去哪里?它命中注定得来这里。今天就得来这里,否则不会来这里。"

他以讥讽的语气(直到今天他讲话还是这个调调,但已没什么效果了)想教导我:命运是一场躲不掉的游戏,如果企图逃避,就太愚蠢了。他要我学习处之泰然的功课,以免日后吃太多苦。他想说服我,我们每个人都被命运纠缠着。他多少达到了他的目的。

检查的途中要是没再发现其他狐狸,我们就回家去。一回到家,我将猎物的后腿吊在墙上一对特制的钉子上——这钉子至今还在呢。父亲立刻进行剥皮的工作。他技术老练,两三下就可以剥得精光。有几回,我也跃跃欲试,但很怕万一把狐皮弄破而激怒父亲,只好作罢。那一度被封为森林优雅女王的它,现在只剩下一具血迹斑斑、瘦骨嶙峋的躯壳,吊在挂钩上。

我们放出消息,稍晚,一位"敢吃别人不敢吃"的食客就会露面,迅速地将它放进一只麻袋,向我们道谢。离去前,还不忘笑着告诫我们:"哎呀,你们哪知道自己损失了什么宝贝呀!"

貂之舞

冬季捕貂算不上正规的打猎，说真的，圣乌巴尔多①勇猛的传人才不屑这种行径呢。说穿了，就是一大早出发，在刚下过雪的雪地上，循着猎物的足迹，一直追踪到巢穴的附近，然后由助手点燃撕成碎片的雨衣和旧鞋的鞋底。助手在这一头忙，猎人们则在另一头扛着双管枪站定在洞穴旁的战略位置。

双方做了一个暗号之后，助手将充分燃烧的橡胶制品丢进洞穴，貂被浓烟呛得几乎窒息，惊吓之余，会一溜烟冲出来。

就在这个关头，猎人们算准每个人的所在位置，免得打到自家人，然后毫不留情地开枪射死这只小小的猎物。

这种打猎法并不怎么光彩，这是可以理解的，只是进行起来十分顺利。貂是一种勇敢而凶狠的肉食动物，大小约为松鼠的两倍，长相有几分类似松鼠。貂皮和狐皮不一样，就算上头有弹孔，人们还是照买，因为制作貂皮大衣时，得先裁成细长条，因此出现几个洞没什么大不了。

---

① 圣乌巴尔多（Sant'Ubaldo，656？—727）为猎人的守护神。

多年前，那年我十二岁，我和往常一样，和一些猎人一起度过那一季冬，心不甘情不愿地当他们的助手，负责点火。那是个颇具传奇色彩的冬季。我们一行五个人，包括我的父亲、一位擅长猎貂的老先生、两位五十出头的长辈，还有我本人，在元月的某个早晨出发。

我们来到瓦琼湖那处急湍，从刚完工的茄仁同桥渡过去（这座惊险万分的桥梁在第二年就被泛滥的湖水冲得支离破碎）。抵达普拉达的聚落后，众人分头寻找猎物的足迹。不久，谷仓附近传来年纪较大那位长辈的喊叫声，表示已经找到了。我们商议了一会儿，定出方向以后，便动身前往。猎物的足迹往西边延伸，我们耐着性子跟踪下去。行进时，我发现这头貂前一夜过得不慌不忙，好不惬意！它行经被雪覆盖的灌木丛，灌木颈部的白雪经它轻拂，崩落一地。接着，又蹦又跳地来到白花花的松树下，兴高采烈地跳起数种舞步，还很有教养地躲在岩石后面拉屎。再来到结冰的梅沙之急湍旁，大概是口渴想找水喝吧。它的足迹从这里循着梅沙之谷的方向远去。

同行那位猎貂的专家，村里唯一敢吃貂肉的人，斩钉截铁地说："到狄达山丘的谷仓那头去了，就在梅沙之谷的尽头。"

休息片刻，灌了一口格拉巴烈酒后（连我也不例外，他们总会分一点给我），四位专家决定继续跟踪下去。在严冬穿过梅沙之谷可不是小事一桩。本来我对跟随他们去打猎这码子事，显得漫不经心，等到"继续上路"一声令下，我才认真起来：明知不太可能，仍巴望我们能在雪地中找到若干线索，显示这头貂往老家的方向折回。记得我曾经把我的想法告诉最老的、也就是敢吃貂肉的那位猎人。他是个独居老人，爱喝两杯，也很疼我，会趁别人听不到我们谈话的时候，向我这个小男生传授打猎的诀窍；他总是把声调压低，大概是怕其他猎人窃听到他的秘密。他摇着头回答说，貂从来不走回头路，它们在夜间外出觅食时，会不断改变路线。

我乖乖听命，将一件狐皮斗篷披在身上，两手插在口袋内，拉低帽缘盖过耳朵，跟在大家后面。

前一天才刚下过雪，天空灰蒙蒙的，看来还会再飘下雪花。辽阔的山毛榉森林沉睡在半米高的积雪当中。四面八方都看不到道路的轨迹，也看不到任何东西的梗概，只见一波又一波白茫茫的雪浪。邻近高山有棱有角的轮廓不见了，现在看来有如线条柔和、圆塔状的水果蛋糕。从梅沙之急湍进入谷中的水流表面结了一层冰，水流闷在底下，一声也不吭。只是偶尔一些好心的河湾会露出缝隙，让水流有透气的机会，赶紧溜出来瞧瞧外面的世界。

细如沙的白雪成粉末状，像是一团团凝结的空气，我们毫不费力地踩在雪地上，逐渐踩出一条小径。走在前头的父亲和另外两位长辈胡乱地对女人们说长论短起来，其中一些内容要是被今天的女性主义者听到，就算有再大的雅量，也会气得把他们给宰了。

走着走着，老猎人和我谈起貂的性情和其他种种。他说貂是一种孤僻而凶猛的肉食动物，还告诉我多年前他所遇到的一件怪异的事。

一个寒冷的冬天，他沿着圣奥斯瓦尔多山路寻觅猎物的足迹。过了弯路，在帖涅积雪的平原看到一坨暗暗的东西。他走近前，原来是一只松鸡的残骸，如火鸡般大小。松鸡的颈部旁、洁白的雪地上，有一大摊血迹。他惊愕地发现，周遭除了印有一头貂从飞禽的尸体远去的足迹以外，没有任何其他足迹。那么，这头貂怎么能够不露痕迹地抵达这里呢？他百思不得其解。仔细检查被吞噬了一半的残骸，再动动脑筋，终于找到了答案：它是骑在松鸡壮硕的背上来到这里的！它显然是在夜间趁着飞禽在睡梦中展开攻击。第一现场很可能是科尔内托山高耸的冷杉林。松鸡意识到自己已经败北，再也顾不得一切，只好背着可怕的敌人，绝望地俯冲到山谷里。严冬的寒意与深夜的幽暗一起见证了"飞向死亡"这戏剧化的一幕。

飞翔之际，貂的利齿紧咬着飞禽的颈部，使松鸡渐渐丧失气力，只好缓缓降落在雪地上，而未对貂造成伤害。一抵达陆地，胜利者即刻结束猎物的性命，饱餐一顿后离去。

这就是我的朋友对于那没有走近、只有远去的神秘的足迹，所做的解释。

我们边走边聊，除了这个故事，还提到貂的其他习性，不知不觉来到狄达几间弃置不用的农舍。我们注意到猎物到了这里以后，只在马厩附近兜了几圈，并未久留，就沿着高地的一条道路朝北方离去。到目前为止，我们已经整整走了三个小时。发现猎物已经远离，失望的神情写在猎人们的脸上。他们本来还有说有笑的，净说些轻蔑女人的话，现在，话越来越少，只有咒骂声有增无减——还有紧张的程度。他们皱着眉头，大眼瞪小眼，面带愠色。老猎人倒是一副气定神闲的模样，低声窃笑了一下，便用一种不容置疑的语气，对我耳语："折回去了。"

"溜到矮树丛的山丘那头了！"走在前面那三个人却异口同声地叫了出来。

我们只好在雪中往回走，亦步亦趋地跟着那位至今尚未谋面的开路先锋。

我们经由一段错综复杂的路线，翻越到山丘上，却发现貂的足迹继续朝着山谷的出口延伸，每个人都又生气又失望。

这些专家们开始在言谈中表示怀疑，咕哝出诸如此类的句子："该不会又折回去了吧？要不要看看那混账是不是回到村子里了？"

接着，父亲和另两位长辈互相讥讽，场面十分火爆。他们相互指责对方先前没有好好观察雪地上的足迹。老猎人则是笑而不语，只是把我拉到一旁，告诫我回到村子后要守口如瓶，要不然我们这一伙人会被其他猎人嘲笑个好几年。

你来我往一阵咒骂之后，我们往回走，走了约两个小时，来到皮内达雪白的草地。这时，这几个入侵者的情绪由对貂的赞叹转为愤恨，因为他们已察觉到这是一场恶作剧。在此之前，他们总把这头貂当成公的，但现在，在他们口中，这头小小的肉食动物忽然变成母的了。

"……是一只母的！"他们怒吼道，"只有女人才会开这种玩笑！"

他们就这样将这头小动物比喻为男性甜蜜的伴侣，对女人极尽侮辱之能事，连珠炮似的骂尽全世界的女人，借此泄恨。我们一路循着足迹前进，绕过无数个山峰之后，眼前出现的，竟是打猎一开始去的那个谷仓。这下子，他们更是火冒三丈，气得再也说不出话来。行进途中，这些打猎高手什么话也没说。种种迹象都清楚显示：貂在梅沙之谷晃荡了一整夜之后，又折回原处，一头钻进谷仓二楼暖和的稻草堆中。那天早上，我们只要在周遭好好地绕上一圈，便可以在后方发现它折回来的足迹。当然，他们都是打猎高手，而高明会产生信心，信心会导致粗心。

那四个正在气头上、不怀好意的猎人，经过一番激烈的讨论后，各就各位，封锁所有的出口。我如果没有记错，他们当时的表情可以用"狰狞"二字来形容。一位长辈狠狠地骂我是笨蛋，好像这场挫败是我的错似的。他命令我进到谷仓内，用棍棒大力地敲击天花板。

我已经不记得它是什么时候奔窜出来的。只记得我还在敲击梁木的时候，听到四发枪声不约而同地响起。

我从爬进来的同一扇窗户爬出去，见到其中一人正在踢那头已被射死的可怜虫。出完气后，再将血肉模糊的貂捡起来，丢进布袋内。我们一伙人随后就动身返回村子。

在回家的路上，打猎高手们发表对这场恶作剧的感想。他们尽量轻描淡写，还不时装笑。不过，火气偶尔还是会冲上来,这时他们就再度使用一些侮蔑女性、不堪入耳的话语来辱骂这头无辜的貂。

晚上,我们五人齐聚在家里的火炉旁。父亲趁着热汤在锅中烧开的空档,剥起貂的皮来。我敢说,在这个过程中,其他人都看清了捕获的是一只公貂。但这些英雄都没有开口,也未针对这一点发表任何声明。

阿尔卑斯放牧

6月是上阿尔卑斯山放牧的季节。这是一个非常古老的习俗，依照惯例，必须在6月13日圣安东尼奥节那天出发上山，早一天或晚一天都不行。返回山谷也有一定的日子，就定在9月7日这天，绝对不能随随便便找一天想回来就回来。没有一个老牧人能向我解释为什么到这一天截止；他们从来不问这个问题，也不晓得是根据哪条老习俗，反正日子就这么定下来，延续了好几个世纪，已经成为一个传统，不得不遵守，也不用多问。

尾随在牧人和牛群后面的，还有我们这些牧童。有时候，学期还剩几天才放假，专制的父亲却不肯让我们把课上完才走。

出发前一个礼拜，父亲早已请奶奶为我们几个孩子打包一些必需品，把整个背包塞得鼓鼓的，里面装有：厚毛袜、棉衫、几条内裤（不多，反正我们在山上从来不换洗）、厚夹克、防水布外套、布靴、几条备用的裤子（因为清晨的露珠会害我们从脚底一直湿到大腿）。出发当天的服装则包括：长裤、法兰绒衬衫（通常是利用其他衬衫的零头布裁成）、牧羊帽（戴上去会老好几岁）。手上拿着曲柄拐杖，口袋装着小刀和弹弓。

我们就这样全副武装，像个哀伤的武士前赴战场，与闷闷不乐的老乳牛以及毛毛躁躁的小乳牛共处三个月。在这段孤独漫长的山居岁月，得与那位严厉苛刻、不苟言笑、面无表情的牧人朝夕相处，格外想家且想念家乡的朋友，不禁油然而生一股与世隔绝与自我放逐感。至于工资呢，就甭提了：他们老是重复，以劳力来换取日常开销，也就是食宿，已经绰绰有余。而为人父母的，能有几个月没有孩子在身边碍手碍脚，高兴都来不及呢。

我们取道一条小径上山，过了弯路以后，村子从眼前消失，原本抱着留下来不走的最后一线希望，也跟着消失。我们怀着乡愁，悲伤地走着，队伍成波浪状，牛群依次前进，颈间的牛铃不断发出哀鸣，仿佛有人在远方哭泣。起初我私底下对那位带头的牧人是既讨厌又嫉妒。他沉默寡言，像个冷血动物。偶尔他会呼唤牛群过来，然后从腰际的口袋洒出一把盐。如此不时地以美食引诱牛群，它们就不会开溜到森林里去了。

到了山上的小木屋，我们先调整室内家具的摆设，牛群则趁天黑前短短几个小时，享受了高山上的第一顿大餐，主菜就是牧地新鲜芳香的牧草。它们像小孩子在抢一块美味的蛋糕，争先恐后的，谁也不让谁，最后把草地吃得如被镰刀割过般平整。晚上，牧人将它们关在牛栏内，每一头牛都有自己的位子，固定不变。为了避免弄错，牧人在拴住每头牛的梁木上，用斧头轻轻敲下一小片，再用马克笔在上头写下每头牛的名字：小白、静静、怪怪、老顽固等。

这第一天到目前为止已经把我们搞得筋疲力尽、手忙脚乱，不过，事情还没完呢，傍晚还有最后的一件苦差事：挤牛奶。弟弟一马当先，帮乳牛做好准备。他的责任很简单，只要按摩乳房，直到流下第一滴奶汁就行。老牧人和我接过手，这才真正地挤起奶来。我们坐在只有一只脚、不太稳的木鞍座上，用手指卖力地挤，滴滴珍贵的汁液，就这样流进紧夹在大腿之间的大铝桶内。

第一天的晚餐很简便，只有面包和牛奶。走了那么多路，忙东忙西的，要打点各项装备、安顿牛群，又要整理小木屋，根本没有时间好好做一顿饭。到了晚上将近十点，我们终于可以躺下来休息了。这遥远偏僻的地方在昏黄烛光的照耀下，弥漫着一股寂然凄凉的气氛，往事历历，此时此刻显得格外鲜明。浓得化不开的乡愁、与玩伴相隔遥远、猛然被迫与家人离别、好一段时间见不到爷爷奶奶慈祥的脸庞……出门前，他们还一再叮咛我们要小心，别伤了自己呢。在昏暗中孩子们默默地偷偷哭泣，在绝望中流下宣泄的泪水。牧人忙着收拾残局的身影渐次从眼前消失，直到沉重的睡意袭来，赶走灰色的思想。

我们早上四点半就会被吵醒。每天一到这个时刻，老牧人就一副不知跟谁有仇的样子，拿起一根棍棒，用力猛敲一个金属桶子。这桶子呈四方形，一面打上"R.Nobili Gallarate"的字样，我因为很讨厌它，至今还记得一清二楚。酣睡中冷不防传来这无情的噪声，我们总会被吓醒。我一直没办法适应，直到放牧季要结束了，对于这么唐突粗暴的醒法，还是很不习惯。

早餐很简单，以麦茶、牛奶、涂上奶油的玉米软糕为主。之后，又得辛辛苦苦地挤牛奶；挤完牛奶之后，帮牧人做奶酪和打奶油。牧人认为我比弟弟大一岁，理应比弟弟有力气，总是把打奶油的任务交给我。我用一支粗木棍打液态鲜奶油，光靠着手臂的力气用力地上下移动木棍将近一个小时（除了偶尔暂停一下、喘口气）。打着打着，鲜奶油慢慢凝固，越来越硬，上下移动木棍的动作也越来越吃力。或许是因为这项锻炼，今天的我才有很够看头的肱二头肌吧。不过，这个苦工还是有甜头可尝。打着打着，鲜奶油偶尔溅出木桶，我迅即以食指偷挖来吃。

我们在八点左右结束牛奶的加工，终于可以自由行动，也可以放牛吃草了。一时之间，牛铃叮当作响，一阵混乱之后，老乳牛们在一股冥冥力量的牵引下，各自走到最钟爱的牧草区，将头埋进被前一夜的露珠浸润的牧草中，缓慢而从容地反刍，一直到晚上。小乳牛却像个小太妹，真是拿它们没办法。它们年纪轻轻，充满朝气，才一松绑，就发疯似的跳来跳去，朝各个不同的方向跑开，一眨眼工夫，已挣脱我们的看管。我们难免挨牧人一顿骂，然后得花上一整天的时间,翻山越岭,仔细聆听哪里传来逃犯的牛铃声,再将它逮捕归案。

寻觅的途中,传来一只失散的布谷鸟哀怨的歌声,伴随着我们的脚踪,更加深我们原有的孤寂感。

许多小乳牛往高处冲,甚至冲到了杜兰诺山,害我们得花好几个小时的时间来寻找。好不容易找到了,有的还会拒捕,拼命想找机会开溜呢。

这下子,我们积压了一肚子的火终于爆发了,火势之猛,在三十年后的今天回想起来,仍然心有余悸。前几个小时所承受的羞辱、挫折、疲惫、痛苦,通通涌入手中的棍棒,化为暴力。我们举起棍子,朝那叛逆的小畜生就是一阵毒打。每鞭打一下,它们因为痛,短毛就竖立起来,皮肤上留下一长条青紫的伤痕。在那种暴跳如雷的情况下,我们的手中要是握有武器,还真会一枪把它们给毙了。

发完脾气后,我们恢复理智。看着它们无助而娇嫩的脸庞,还有那对泪汪汪、无辜的大眼睛,再想到自己下手竟然如此残暴,我们由衷忏悔。但不管是我们,还是小牛,都没有从中汲取教训,同样的一幕总是一再重演。随着年事渐长,我学着驾驭内心的原始本能。但直到今天,在某些特殊的情况下,火气还是会如波涛般汹涌而来,挡都挡不住。

牧人并不坏。尽管他在村里是恶名在外,人人说他坏心眼、不老实,又小气,我对他的记忆却相当美好。和他一起干活儿的时候,他从来没亏待过我们。有人抱怨说他没让我们吃饱,其实没这回事。我们不但从来没饿过,反而还吃得很撑呢。下山以后,他还会拿老婆做的小甜点送我们。他不太讲话,但懂得用三言两语,甚至只是一个手势或一个字,来引导我们。

当他察觉我正要去的地方可能会有危险,会扼要地说:"别去。"

这就够了。光这两个字,我就明白他为何要禁止我去。

有好几回,我因为没听他的话,而付出惨痛的代价。好比那天在北汀山丘吧,尽管他已经叫我止步,我还是执意要去,就这样走进一条早已荒废的小径。没多久,就被一群黄蜂包围,它们猛叮我的头,吓得我赶紧落荒而逃。我事后才知道牛群经过的时候,把黄蜂的窝给捣乱了,而他早就知道了,也事先提出了警告。

被十来只可怕的黄蜂叮了之后,我的头肿得吓人。他看了只是轻描淡写:"我已经叫你别去。"

讲话这么精简,大概是因为他过惯了苦日子,没有多话的余地吧。

我们每天忙碌,放牧的日子过得很快。过了几个礼拜,我们不再抑郁不乐,而且已经能与大自然和睦共处。要不是那些可恶的牛群,老爱东奔西跑、走再远的路也不会累、看到新鲜事总是那么好奇,导致我们的日子像在地狱一般,放牧还真是个有趣的消遣呢。

我们就这样以露天的牧场为家,把打奶油、砍树干当练体操，追捕牛只就是在赛跑，想练举重时就搬搬木柴，风雨无阻地学习野外求生的功课。不断在山林间漂流的我们，偶尔也会暂时放松，趁机偷闲。这时，我们就在林中湿润的草地上躺着，将头枕在手上，静听大自然的声音。雄健的树木随着微风轻轻摇摆，慈祥地望着我们。小鸟在树枝间跳跃，向我们靠过来，似乎想自我介绍，和我们交个朋友。远方山毛榉森林内还有几只落后的布谷鸟，正以哀戚的歌声，唱起离别曲。与天地万物神交之际，我们享受了至高无上的静穆与恬逸。什么也不用说，我们自会明白自然之美与简朴生活之可贵。

8月24号，厄多的守护神圣巴托洛梅奥节这天，我们获准回到村里共襄盛举。不过，第二天一大早就得准时回到山上那座寂寥的牧场，回到沉默的牧人身边。这趟短暂的出走带给我们的痛苦多于快乐。被心爱的亲友、熟悉的事物包围着，过不了几个钟头，却又得骤然与他们道别，离开载歌载舞的节庆集会。

弟弟并不怎么向往牧人的生活。他后来选择离开，到人多而舒适的地方居住。这个念头，大概是在山上过那段苦日子的时候形成的吧。

而想过富裕的生活，在当时还有什么比卖冰激凌更合适呢？这项选择注定了他后来的命运。我常在夜深人静时忆起他来。那年他才十七岁，就丧生在德国的一座游泳池内。或许，断气前那一刻，他脑海中闪过的，没有别的，只有一幕幕多年前我们三兄弟充当牧童的欢乐影像；或许我们三兄弟一起在泽摩拉山谷的森林内追逐牛只的影像，正是他生前最后的、仅有的回忆。我常喜欢这么想。

1963年的夏天，我在佩泽山丘的牧场当跑腿小弟。当时有一批工人正在杜兰诺山南边的城墙附近盖一间客栈，我每天早上负责送鲜奶给他们。同一年8月25日，这间专供登山客食宿的客栈举行落成典礼，引来不少人潮。两位登山家（现在均已搬到混乱的米兰）刚好路过牧场，顺便带着我和他们一起去爬杜兰诺山。我们爬到下午，然后在落成宴会中会合。那年我满十三岁，就在那一天，创下两个生平第一次的记录：第一次以绳索攀岩、第一次喝醉。过了一个多月，托克山崩裂，坠入瓦琼的人工湖，扰乱了山谷中原有的天然节奏。这个意外灾难改变了幸存者的人生。再也不用做什么，只要枯等就好。人们根本提不起劲来做任何事。

我们的牧人也停下了脚步。他本人和那古老的行业随着那段混乱的日子消失了。荨麻在山丘到处蔓延，屋顶上的石棉瓦过了几年开始腐坏，水从屋顶渗进来。记忆中那些地方，现在已荡然无存，除了满面愁容的白墙还在。但除了记忆，还有一些东西从这些经验中残存下来。别的不提，最起码，就是意识到无论在怎样的景况，都要忍耐，咬紧牙关撑下去。时间自会赋予事物应有的价值，年轻时觉得丑恶的，过了一段时间，可能变得美好。

回顾那段与大自然和动物频频接触的日子，我不禁想起美国诗人惠特曼（Walt Whitman，1819—1892）的一首诗。其中几句颇令我感到自豪：

如何做个人上人？其奥秘我已领悟。
以空旷的大地为家，邀它一起风餐露宿。

猪

　　村民谈到很久以前家乡发生的事，总会拿那期间所发生的某个特别的事件当作时间的指标。比如说：大战前、大战后、大地震前、大地震后等。

　　这么一来，听的人当下就知道谈的是哪个时代的事。而除了大战这一类世人不幸共同遭殃的事件，我们这些山谷里的居民，还独占了一个事件。这事件发生的日期，在我们的人生留下一道整齐划一的刻痕，逼使我们与一个守旧、严谨、凡事照老规矩来的社会隔离，进入到一个杂乱无章而陌生的世界。这个日期，就是瓦琼灾难那一天。

　　这个悲剧发生后，许多事情都改变了。古老的传统习俗几乎消失了。混乱之初，大家暂时放下原有的风俗习惯，同时有个错觉：一等到事情都整顿好了，这些习俗可以马上恢复过来。但其实不然。正因为这些传统都很古老，骨架特别脆弱，一旦骨折，便很难有足够的力气康复。

　　没错，某些风俗仍然在山上苟延残喘着，但只是随便敷衍，温温吞吞的，已失去了瓦琼灾难前那股热情以及神秘的魔力与魅力。不过，改变的很可能只是我们自己，是我们失去了当年的精神。

　　想当年，每到圣诞节的前几天，空气中就弥漫着异样的气氛，并引起一阵骚动。孩子们的眼睛闪闪发光，无声地发问："什么时候呢？"

　　村人会在这段假期选一天来举行一个充满血腥且攸关生死的仪式。那就是：杀猪。

　　屠宰的日子，是根据月亮的盈亏来决定的。杀猪的人家先花上约一年的时间来豢养待宰的猪，以无比的爱心小心呵护，把它当成一家人。很多人家甚至猪一生下来就帮它取名字。正因为如此，我们这些孩子老是搞不懂大人的行径。为什么圣诞节一到，这一年来对这只"宠物"的疼爱与尊重，可以说不见就不见呢？我们不禁怀疑大人们一直戴着假面具，好朋友临死前，他们所表现出来的冷酷、果断、狠心，才是他们的真面目。没错，猪是我们的好朋友。我们看着它长大，总是准时为它送上饲料，每天兴高采烈地牵着它去散步，走在圣罗科老教堂前那条绿草如茵的道路上，还经常用一把粗毛刷为它梳洗打扮。

　　猪是聪明灵敏的动物，如果从小好好训练，会和狗一样忠实逗趣。我们家那头猪，在送死前漫长的几个月，曾与我们共度一段欢乐的时光。偶尔，我们会暂时放下手边的事，默想它的命运。我们早已知道它未来的命运，而一想到这一点，心就很痛。我们将它视为烈士、英雄，这使它在世间那短暂的时光，赢得我们更多的尊重与关怀。唉，到了12月20日左右，预告它的结局的声音，开始在屋内响起。我们几个男生从那些毫不含糊的信号，就知道它的死期到了。

深夜，离天亮还早得很，我们窝在温暖的羽毛被里，听到一楼传来砍柴的声音，那噪声在石板上回响。刚生起的火噼啪作响，穿过地板，吵醒了我们。我们带着睡意下楼，发现壁炉内的铁链吊着一只巨大的锅子，锅内装满了水。壁炉边的凳子上有一块布，布上摆着二十来把形形色色的刀子。没错，这就是了。

我们推说要去上厕所，将全身裹得紧紧地，怀着沉重无比的心情，走到厕所旁的猪舍，向好朋友道最后一声珍重再见。据说猪在临死前，不知基于哪门子的第六感，比其他动物更能预知自己死到临头。如果这是真的，那么我们那个命数已尽的好朋友，可真会掩饰自己的心情，因为在它死前我看不出任何不安的迹象。

向它道别那一刻，它的表现一如平日，快活地跳跃着，鼻子和嘴巴紧贴着木栅栏，一副很亲热的样子。天晓得，或许它是在掩藏内心的恐惧，免得害我们更加伤心吧。

熊熊烈火烧着大锅子内的水，顺便也把屋子烤得暖烘烘的，同时，一些灌香肠的专家陆续来到。家人端出咖啡和格拉巴烈酒请他们，有的客人把两者调在一起，一口饮尽。我们这些孩子默不作声，只顾着自己的心事。我们试着去研读那几张脸：他们从头到尾不曾对那头待宰的猪露出同情或怜悯的表情，反而还嬉皮笑脸的。我们多么希望他们能正经一点，不为别的，起码对快没命的朋友表示尊重。记得他们老爱讲黄色笑话，还用粗话来形容对当时的我们还是很神秘的女人胴体，说着说着，就放肆地笑了起来，同时在无意间，以一种粗鄙不堪的方式向我们泄露了性的种种。

天亮以后，四个魁梧的汉子起身到猪舍将它牵出来。就在这个时候，我们几个孩子感到既不安又害怕，却又不敢看它，免得被取笑。当他们用一条绳索紧紧地捆住猪的鼻子，将它拖到祭坛时，我们总觉得它正用那双炯炯有神的小眼睛看我们最后一眼。

真希望事情能早点了结。

爷爷充当屠夫：他一直在我们家扮演这个角色，直到去世为止，而且生前还四处走动，去帮别人家杀猪呢。他用一把第一次世界大战用过的利刃来结束猪的性命。其他被指派操刀、经验老到的名家还有彼得罗，以及绰号"大棍子"的朱利奥。

爷爷向来是个慈祥的大好人，竟然深谙屠宰的技艺。对这一点，我们实在无法接受。

他们调整猪的姿势，将它的头按在一块石头上面。四个人抓着它，让它无法乱动，还有一个人提着一个桶子，跪在它的前面。另外还聚集了几个和我们同龄的男孩到这里来帮忙。持刀的专家向五个助手做了一个信号，走近前来，在毅然决然与从容不迫之间，还露出几分愉悦的神情——那神情至今仍深深地烙印在我的脑海里。接着他将刀刃刺进猪的颈部，然后将刀子往前方移动，寻找心脏。

　　静止不动的猪因剧痛发出凄厉的叫声，热得冒泡的鲜血从体内汹涌而出，流进跪着的男人手握的桶子内。这头猪的生命力十分强悍，释放出来的力道使鲜血四溅，连白雪都沾上了鲜红的血迹，看起来十分恐怖。这一幕只持续了几分钟，寒气逼人的冬天清晨，从这头垂死的动物温热的身体升起浓密的雾气。

　　一切很快就结束了，可怜的猪已不再反抗。接着，每个男人拿着一只碗，轮流喝那还热腾腾的猪血，简直和原始部落阴森的仪式没什么两样。他们喝完以后，强迫我们也要喝，说是这样才能成为男子汉大丈夫。我十四岁那年有一次打完猎，和一些老猎人在一起时，曾重复过同样的动作。那次我猎杀了生平第一只羚羊，他们逼我喝它的血。传统就是这样被强制执行的。

　　微热的猪血有一股甜腻的味道，令人作呕，我这一辈子怎么也忘不了，正如我永远难忘父亲惩罚我时，经常灌我喝的那恶心的蓖麻油。当时要是有儿童求救专线，这些家伙通通会被抓起来关住。

　　杀完猪以后，有片刻的休憩。女人家这时端出烧酒招待屠宰的行家们。他们边喝边低头绕着那头猪团团转，试图目测出它的斤两。

　　一敬完酒、干完杯，他们就将猪抬到一张专门用来切剁猪肉、坚实耐用的桌子上，猪肚皮朝下，四只脚敞开。一些提着大桶子的男人将滚水浇在猪的身上，这样一来，下一批人用刀刃刮猪皮的时候，猪鬃就可以轻易脱落了。接着用热水泡脚爪，再用钳子将黏在肉上的指甲软骨拔下来。这些举动让我们看了不寒而栗，同时想象要是自己变成那头猪，会是如何。

现在，他们举起好朋友的后腿，将它的残骸垂直吊在高处的一块木板上。操刀专家如外科医师般，敏捷地以尖锐的刀锋由上往下划过猪的肚皮，小心翼翼地避免刺破内脏。他的手移到哪里，滚烫的内脏就从哪里翻滚出来，滑落地上。

洗净擦干以后，先用一把砍树干的大斧头将它剁成两半，再分切成小块，然后移到屋内。原来一只活生生的动物，现在东一块、西一块的，已经完全肢解。我们的内心开始顺服，也逐渐地不再像几个小时前那么伤心。

我后来常常在想，为什么孩子们在面对无可改变的事实时，可以这么快速地调适过来……

屋内一阵忙乱，照每个人所分派到的任务展开一连串的工作。有的负责挑瘦肉，有的负责拣肥肉，有的清洗用来灌香肠的大肠。众人忙碌的同时，锅子下面的炉火噼啪作响，锅内始终盛满了滚水。

灌香肠要用到绞肉机，那机器要靠手臂的力气转动。诡诈的大人怂恿我们几个孩子展开一项无聊的竞赛：看谁能转动得比较久。为了达到目的，他们之间会假装闲聊，说一些拐弯抹角的话，内容大致是这样的："嗯，毛罗比卡洛有力气……是啊，思明比北诺有耐力……你看，里凯托比费利切棒。"

我们这些菜鸟为了表现自己很行，拼命转动那机器。大人们省去一大麻烦，乐得在一旁偷笑。

所有工作在第二天黄昏完成。好朋友现在已经变成一条条香肠，高高地悬挂在天花板的白棍子上了。至于猪骨呢，先将黏在上面的肉刮干净，再放在壁炉下面熏烤，冬天用来熬汤，风味特佳。

在那个年头，那几天几乎都会下雪。圣诞节的气氛浓厚，全家人到了夜晚就自动聚在炉火旁。老人家一边抽着烟斗，一边忆想当年，而那些老掉牙的故事，总是很悲伤。

记得有这么一个老人，点烟斗的方式很有一套。他一副毫不在乎的样子，慢吞吞地用手指从壁炉内捏出一块白热的火炭，插进烟斗内，用手指捻碎，压一压，边压还边与人交谈，并吸着气，直到烟斗开始燃烧，冒出一缕蓝烟。我们这些孩子老想学他，用手去抓烧得正炽的煤炭，看自己能不能忍受那被火烫到的痛。但我们的手太嫩了，才过几秒钟就放弃了。不像那位老人，手指头早已烧焦，没什么感觉了。

上床前，按例要吟诵《玫瑰经》。一位女士用拉丁文带着我们念这段祈祷文，一听到她那单调的语气，我们就想笑，而且她还念得乱七八糟，错字一大堆。但我相信在天父眼中，这段祈祷文还是很宝贵，因为念的人有颗虔诚的心。

不识字的奶奶接着祷告，感谢上帝赐给我们一个丰年，嘴里念念有词的同时，眼睛还不时瞄着天花板上的香肠。最后，她用壁炉内的灰烬掩埋火炭，这样翌日清晨再生火的时候才生得起来。为了驱邪,她抓起风箱的管子,在小小的灰冢上划了一个十字架。

当夜幕笼罩积雪的群山,我们就上床睡觉。梦中,尽是即将来临的圣诞佳节,还有伴随着它而来的种种美好事物。

第三部

人　物

第一双鞋

1963年10月瓦琼悲剧发生以前，我不曾拥有过一双鞋子。我们这些住在山上的小孩，脚上穿的是一种名叫"司酷缝"（scufons）的布鞋。这种鞋是由妇女亲手缝制，先将一层又一层的布重叠缝合起来，便成了鞋底。鞋面用黑色的绒布为材料，里层以坚固耐用的帆布补将，前头绣上一朵颜色鲜艳的小花。小花的样式每个村落都不一样，这样，就可以轻易辨识出鞋子的来处。

穿上司酷缝鞋跑步，非常方便，因为没有鞋带，一套就进去。但另一方面，这种鞋磨损得也很快。我们经常在森林里、山岩之间穿来穿去，不出几天就穿坏一双，奶奶得经常为我们缝制新鞋，好不辛苦。于是，她请一位非常虔诚的姑姑到村里来帮忙。

这位姑姑既聋又哑，未婚，很会替人着想，做事谨慎周到，简直是个女圣人。她在托克山坠落瓦琼湖那夜，赐给当年十三岁的我一个机会完成一项壮举，至今想来仍颇为自豪。

山崩隆隆之际，大家匆促奔逃，我是和奶奶一起逃离受灾地点的。当时我一手牵着一个弟弟，肩上扛着另一个弟弟，跑到一座山丘上。父亲已经离家一个礼拜，正在山上打猎。年迈聋哑的姑姑对临头的大灾难毫不知情，独自留守家中。其他人好不容易进了避难所，再也不想冒险下山救她。我和这位姑姑的感情很好。自从母亲在一座遥远的城市失踪以后，姑姑一肩扛起了照顾我们三兄弟的责任。为我们洗衣服、嘘寒问暖的。我毫不迟疑地冲回家，房子还在疾风的吹袭下摇摇晃晃，我简直快吓破胆了，但还是顺利地将姑姑从那危急的处境中解救出来。

姑姑是我们家缝制司酷缝鞋的专家。冬季漫漫长夜，她坐在壁炉边，花上好几个钟头，头也不抬，用针线将一块块布料缝成鞋底，或是用壁炉长台上那台胜家牌的小缝纫机，将一块美丽光滑的黑绒布裁成鞋面，再绣上彩色的小花，小花的样式生动鲜明，十分显眼。她知道春天一到，我们就会如脱缰野马，到处乱跑，这种简陋的便鞋，准会被我们穿坏好几双，所以埋头苦干，缝个不停。大雪缓缓下降，无声无息，我们静静地倚在窗边，观看户外徐徐飘下的雪花。片片雪花中，闪过我们对远离的夏日的回忆，而爷爷呢，正用他的巧手拿着工具敲打木头做木器，打破了冬天奇异的寂静。

1963年10月以前，我们脚上所穿的，就是这样的玩意儿。

老实说，早几年前，我曾经拥有过一双真正的鞋子。村落附近有一堆人家随便倾倒的垃圾……不，只要绕上一圈，可以发现不止一堆。那个年头人们还不具备环保意识，日常生活产生的废弃物，哪儿方便，就丢哪儿。我们几个小男生常到那些垃圾堆中翻来拣去，运气不错的话，可以找到用得上的东西。我们另有一个更重要的任务，就是去搜索丢弃的条装罐头食品①。我们发现用力挤压那圆圆的开口，还会跑出几厘米的酱汁什么的。我可能就是因为小时候常去那些老鼠出入的地方，体内培养出抗体，而不容易受到细菌的感染。这些抗体至今对我的健康仍然很有帮助。

我的第一双鞋，就是某个夏天在一处垃圾堆中找到的。我一眼就看到其中的一只，但第二只鞋却让我吃足苦头，花了好长的时间才找到。那是一双浅咖啡色的方头短靴，没有鞋带，只在外侧钉上扣环。

左脚那只，整片鞋底都没了，右脚那只则是一边的缝线完全脱落。

我将这双鞋带回家，兴冲冲地向爷爷展示。他估量了一下，说可以将鞋子修好，而且一说了就动工。老人家很能干，那双万能的手什么都会。他向村里一位鞋匠要来一片旧鞋底，用小小的钉子将它固定在靴子底部。我耐心地在一旁看他修鞋。

接着，他拿一根粗针，穿上一条抹上肥皂的线，一针针戳进鞋底，将四周密缝起来，再用一把刀子将多余的部分切掉，一只靴子就修好了。爷爷也修了另一只靴子，仔细地将

---

① 像牙膏那种软管状包装。

那好似开口笑的裂缝缝起来。

我试穿了一下，嗯，大了一点，不过，只要套上两双厚袜子，就刚刚好。我高兴极了！老人家从长年悬吊在天花板上的猪肉上取下一块油脂，涂在靴子上。现在，擦得亮晶晶的靴子简直和新的没什么两样。

能拥有一双真正的鞋子，那种和父亲一起到隆加罗内贩卖黑琴鸡或狐皮时在橱窗内看到的鞋子，令我雀跃不已。

可惜，那种喜悦的心情并没有持续多久。黄昏时，我和几个玩伴在村子内的小广场玩耍，内心沾沾自喜，一个四十来岁的妇女观察了我一下子，向我走过来。她的眼光往下朝着我的脚瞄了一眼，然后用一种肯定而轻蔑、毫无同情心的口吻，冲着我说："那双靴子是我的。"

我可以感到自己羞得脸色都变了。我试图用一个十一岁的小男孩所会的方法来自救。

"我什么都不知道，"我答道，"有人把这双靴子扔在瓦得嫩溪，我是在那里拣来的。"

"这我知道，"那女人一副不耐烦的样子，又冲了回来，"是我把靴子扔掉的，你应该把它留在原处。"

那个年纪的我，还没有见识过人心的诡诈，只觉得恐惧不已，怕自己犯下什么滔天大罪。

"你如果想要这双靴子，我就还给你吧。"我心不甘情不愿地说，在她的胁迫下感到莫大的耻辱，而且对这女人怀恨到了极点，恨不得狠狠揍她一顿。

"好，现在就还给我，"她回答，对我屈服于她的暴力，颇为得意，"马上还，不然我要叫警察了哦。"

听到这话，我脑海中浮现爷爷的身影，想象他被抓去关起来的样子。我一言不发，将靴子脱下来。我故意脱得很慢，冀望能有一个大人过来干预，帮我的忙，可惜那段时间广场上只有小孩子。最后，我将我的宝贝鞋子交到那女人手中。诡计得逞，她得意地走了。走前还警告我一句："下次再看到什么鞋子，把它留在原处，懂吗？"

我只穿着袜子回到家，强忍着不让眼泪掉下来。爷爷气得抓起斧头出门，想去惩罚那贱货。父亲费了好大的劲才让他消气。

那女人后来究竟是把那双靴子又扔了，还是看在已变得和新的一样的分上，将它留在身边，我已无从得知。几年后，发生了瓦琼事件，鞋子四处散落，数量多到竟然有人在一个峡谷内偷了一大堆，装满了一卡车，准备运去卖，还偷偷摸摸地避免被人发现。

我们兄弟俩被送到波代诺内的堂博斯科神学院，寄宿了三年，在那里被调教得比较文雅。那段时间，我们有上好的鞋子穿，却没有草地供我们尽情奔驰。

不过，我在教室内学了很多东西，启发了对文学、书本、艺术的爱好。尽管当今盛行与以前的老师撇清关系、蔑视神职人员的工作，但只要我还有一口气在，将永远感激堂博斯科神学院那些修士。

现在，制造鞋子、背包、绳索的厂商，只要我穿上他们的产品拍照，为他们做广告，就会免费将产品送给我，要什么有什么。但对鞋子的那股狂热已成为过去式，我不再做梦，反倒觉得再过不久，爬山时什么都不用穿了，只想回到从前的日子，赤着脚走路，感受一下与土地接触是什么感觉，直到入土那一天。

时至今日，鞋子被抢走那件伤心往事已很遥远。我现在几乎每天都会遇到那个威胁我的女人，她如今已是白发苍苍。我的雕刻工作室位于一座教堂前，我总看到她去望弥撒。

或许她已经不记得多年前干下的那件好事了。

也或许，她去望弥撒，正是为了取得上帝的饶恕。而慈悲的上帝想必已经饶恕了她。至于我呢，虽说时间可以治疗一切，但至今还是办不到。

老猎人

夏风从锋利的山尖翩然而降,轻拂山面。他置身山坡的草地上,青草正吐露出秋的气息。他的家虽离这里只有几步之遥,但也淹没在长年丛生的杂草堆中。草地上有一瓶酒,他偶尔啜一口,再回过头来观看羊群,边伸手指着那群羊,边将双筒望远镜递给我。共有十五只羚羊,正悠闲地在茄仁同山脊吃草。这些高大俊美、长有一对细长角的羚羊,只有在这卡尔尼施山上或阿布鲁佐大区才有。过去有一段时间,他专猎羚羊,而且还成为最勇敢的猎人。

他从小就开始狩猎,跟在沉默的老猎人后面有样学样,如今偶尔还会想起那些专家,对他们是既怀念又敬佩。他是个孤儿,一生下来就没有父母,必须立即学习自卫,以求生存。性情暴躁的猎人打猎时,把他当猎犬拖在后面。他的任务是追逐、包围猎物,不时吼叫、用来复枪发射,把猎物吓得逃逸,最后再将它们逼到猎人小心默默守候的地点。

猎杀后,饥肠辘辘的猎人立刻当场把猎物开膛破肚,把心、肝、肺给吃了,再将剩余的带回家为家人充饥。

终于轮到他的第一次。猎杀了第一只羚羊后，按惯例，他得喝下那猎物的鲜血。一年一年过去，他逐渐学会这一行的诀窍，而且还自行发明了一套狩猎的技巧。有创意的人不都是这样的吗？

尽管现在的他满面愁容、神色暗淡，双脚也已不听使唤，但只要我稍微坚持，他还是会带我去采一大堆可食用的野草和颜色可疑的野菇。那些野菇我并不熟悉，吃下去才知道美味。

当春阳融化白雪、第一波暖流唤醒大地时，天刚破晓，他已坐在那棵巨大的山毛榉附近。那棵树就位于一条路的转弯处，恰好就是春天金链花开的地方。他坐在那里聆听黑琴鸡的情歌，它们还会在伯加山的白雪上打斗呢。遥望山峰，不禁想起从前狩猎这种鸟的时光。他专猎鸡冠血红、尾羽弯曲状似七弦琴、体格壮硕的黑琴鸡。

4、5月份是猎杀黑琴鸡的好季节。这两个月，他整夜在森林里走个不停，以便在破晓前赶到特定的地点，准备就绪，击毙天一亮就出来寻找爱侣的雄鸟。

要是懂得烹调的诀窍，黑琴鸡可以成为一道佳肴。不过，它们真正的价值在于可用来当作头饰的尾羽。每当狩猎季进入尾声，一些打扮光鲜的人就会来到博尔扎诺或多比亚科等村庄，购买黑琴鸡的尾羽，准备日后盛装参加村里的庆典活动时，用来别在帽子上。老雄鸟由五根弯曲的羽毛构成的羽尾，特别美丽，价值相当于今天的二十万里拉。

他这样子生活了几年呢？据说有很多年，不过当时的他还年轻，今天的他，则坚信想当年那样做一点用也没有。

后来，由于贫穷、对赚大钱怀抱的幻想、对爱情编织的美梦等原因，他前往瑞士打天下。在那里成家，生了几个小孩，或许曾度过一段快乐的时光，不过从他的怨言中，我们推测这段时光可能为时甚短。

最后，他回到家乡。自己一个人。

有些人每天吃山珍海味，只会动不动就批评别人的行为，却不晓得有些基因会挣脱来自父亲的影响，其力量甚至大过对女人的爱恋，因为那上面留有际遇的钉子插刺的疮疤。基因并非遗传而来，而是在幼年时期形成的。我们的五官特征可能来自父母的遗传，性格却会被命运改造。理论上，开朗而乐观的父母生下的小孩，个性会和父母一样。但这小孩的童年要是在痛苦、贫穷、艰辛、抑郁的环境中度过，尤其他再是个孤儿，就开朗不起来了。他会变得郁郁寡欢，未来的日子一直都是这样的个性，因为他的遗传基因上有哀伤的刮痕，而他要是生有小孩，小孩的个性起初也会和他一样郁郁寡欢，但在成长的过程中，会根据命运如何在他们的基因上刻画，轮到他们来改变从父母身上遗传来的第一个印记。

把我们这位朋友召回来的，是森林和流水，是肃穆的冬天，是黑森林、高谷地岩石下面营火旁的营地，还有对那些领他入门的老猎人的回忆。他回来时，心里想到的，是十三岁时在遥远的加瓦那山丘守候着貂的那几个令人忐忑不安的夜晚。那婊子就住在那里，它的名字和这里连在一起。他的心，在那些地方。

　　他重拾搁置了一段时期的生活方式。白天将时间花来寻觅猎物：羚羊、獐鹿、黑琴鸡、松鸡，冬天则猎狐狸和貂。狩猎，是受到本能的逼迫与驱使，而不再像过去那段贫苦的日子，只是为了填饱肚皮。

　　就这样一年过了一年……终究，还是想起了当年。上了年纪，难以消受寂寞的滋味，日子也变得不好过。失眠的夜晚内心充满遗憾，遗憾那些消逝的美好事物，如今已了无痕迹。生活成为一座山谷，边陲离他越来越远。习惯不想当年的人，会有活不下去的感觉，为了苟延下去，酒瓶总不离手。而那装着酒和寂寞的酒瓶，过不了多久就会毁了一个人。

　　现在他已年过七十，脸庞枯瘦。只有头发继续顽强地抵抗着，仍然是又黑又多，就和主人翁一样叛逆。

　　虽然酗酒且年迈，他的外表仍具有多洛米蒂山人的特色，不像那些上了年纪就足不出户的人，满脸皱纹。虽然老态龙钟，却透着光泽，如巴塔哥尼亚的巨石，锐角被平原的强风锉平而溜圆，如溪流中的卵石，表面被时间的水流冲蚀而光洁。这是因为他尽管双脚早已不听使唤，还是每天到户外走动。

　　有时，他会一时冲动，回到山上住个两三天，希望借此远离逐渐老朽的身躯，并向自己证明还身强力壮，还能干得很，还没完蛋。不过这样的冲动越来越少，再说，逞强不服老，不过说明自己已走到人生的尽头，已如将残的灯火，再也动不了了。

有时，我会到山丘的相思树林中，去探望疲惫地坐在树下的他。对我小心翼翼说出口的建议，他回答说，过去的都过去了，现在的他，只要能看、能听就满足了。草地上，他的身边总有一只酒瓶。

羚羊、獐鹿、黑琴鸡、松鸡、女人、感情……这一切都与他渐行渐远了。他在生活的边陲，在那座山坡上，遵循土壤和四季的动态，好似到世间做客，什么都不想做主，只管将自己的余生交给时间。走到路的尽头，人很容易在遗忘的松林间迷失。而在人生周期结束之前，却与童年的回忆相遇，记忆回到出生地。

小时候，他被父母放在一只柳条编成的篮子内，遗弃在那座山坡上。因为吸进山间清晨纯净的空气，他得以存活。如今，经过痛苦的一生之后，他又出现在那里。只是，现在的他吸进去的不再是清晨的，而是夜间的空气，他的摇篮不再是那只小小的篮子，而是辽阔无际的大自然。

我不曾问过他为什么从瑞士返乡。我从不问友人为什么。问为什么只会破坏我和人家的关系。而且，就算问了，他大概也不会回答吧。但我相信自己可以猜出答案：召唤他回来的，是那棵巨大的山毛榉；生长在他家附近一条路的转弯处，而到了春天，树下会开金链花的那棵山毛榉。现在，当他疲倦而绝望的时候，就躺在这棵遒劲挺拔的树下，窥视茄仁同山脊上的羚羊，或聆听黑琴鸡的歌声。或许，这是他的最后一次机会呢。

最后的磨刀匠

春天一到,他就出现在我们的山谷,但从来没有人看到过他的到来。当我们发现他的小货车停在村内的停车场,就知道他来了。他个儿小小的,有一张充满活力的圆脸,漠然的眼神透露出他的一无所有。头上总戴着一顶蓝色的帽子,插着黑琴鸡的羽饰,一副提若娄当地农夫的打扮。看不出他的年龄,约莫七十吧。他名叫路易吉,不知家在何方,是个磨刀匠。以磨刀为业的人总是四处漂流,像我这种有幸认识他们的人,对他们有很美好的回忆。路易吉很可能是最后的一位磨刀匠。

磨刀匠、洋铁匠、补锅匠总是来路不明,停留的时间也很短。为了避免竞争,一次只来一个。我真怀念他们。他们的技艺高超,如今却已被进步的时代吞噬,在汰旧换新的狂飙中被遗忘。这些来自远方的神奇人物,足足让我们这些山上的小孩既好奇又兴奋好几天。

他们坐在村内广场的地上干活儿。夏天天热的时候,就挑一处阴凉的角落。我们从远处窥视,深怀敬意,然后一步步向他们走近，直到他们示意我们靠过去。眼看着一把又一把老旧磨损的雨伞恢复原状，真不敢相信我们的眼睛。破锅子在补锅匠手中变得和原来一样晶亮，恢复正常，可再度用来装水做玉米软糕。

这门行业虽然卑微，在我们这些孩子眼中，却宛如一项魔法。尤其是那些来自远方的磨刀匠，拥有一些奇怪的工具，总是安安静静的，简直就是高深莫测的魔术师。

真不晓得童年那些来自远方的朋友，如今沦落何处。

直到两三年前，其中一位还在。他在春天布谷鸟啼叫时来到，或许是为了响应那些对往日念念不忘、完全不能接受现代极端作风的人的神秘呼唤吧。

有一回，我在邻近的村庄碰到他。我们喝着酒，闲聊了一会儿。他这次短暂的出现，再度勾起我对他的怀念，唯恐这将是最后一次和他见面。

"不要工作过了头，只要高高兴兴去做就好，"他对我坦承，"说到按个钮就打开的自动伞，我就火大。容易坏，又难修。我真搞不懂现代人为什么为了图个方便，不断地发明新玩意儿，到头来却只是让日子越来越难过。在这山上，还有人拿剪刀来请我磨，刀子少一点。"

他向我透露，锐利的刀子比手枪更令他害怕。他对政府感到失望，因为老要他申报所得税，烦死了。他的工具和记忆中那些老磨刀匠不同。老磨刀匠在一辆自行车上装上磨刀石和其他配件；先用一个架子将自行车轮垫高，再踩着踏板来转动磨刀石。他则将干活儿的工具现代化，安装在一辆老旧的小货车内。

我问他为什么不沿用以前的磨刀匠使用的老工具,他说:"你想想看吧,现在的交通这么拥挤,汽车横冲直撞的,骑着自行车绕来绕去,连一天都骑不下去。"

但即使开着小货车,使用便利的设备,他的身影仍和昔日的磨刀匠一样,流露出一种特殊的吸引力,那种专属于孤独神秘的流浪汉的吸引力。

我一直不清楚他有没有家人,还是孤零零一个人,就像我从来没有探听出他的技艺的诀窍。从个人的经验,我知道想将剪刀磨利,是一件非常困难的事。还有一件事我一直想不通:将一大堆剪刀乱七八糟地混在一起,不做任何记号,他怎么能记得清楚这一把是谁的,那一把又是谁的呢?

我不曾问过他的生平。直觉告诉我,就算问了,他也宁可不回答。因此,我始终不知道这最后一位磨刀匠的秘密。

有一回,他在克劳特、奇莫拉伊斯、厄多这几个村落停留了一个礼拜。那是4月,接下来,有几天的天气很不稳定,下了点儿雪。雪花飘下之际,他神不知鬼不觉地、未向任何人道别,就静悄悄地离去,一如他静悄悄地到来。好一个漂泊的流浪汉。

那是我最后一次遇到他,距今已过了两个春天,路易吉再也没来过。他命中注定得当个稀有人物,因为当今的时代不时兴修修补补那些不耐用的东西。路易吉或许已察觉到这一点了吧,知道现代社会会为了保护动物而小题大做,却无意拯救一个濒临死亡的人。地位卑微的人虽然没有声音，自尊心却很强烈，于是，面对这种现实的路易吉，除非已经离世，否则宁可选择从人间蒸发。

女摊贩

住在老村的时候，我经常去看她。那是她人生在世的最后几年，只是当时我并不晓得。直到我明白她再也不认得我，才中止我的探访。

她的房子很小，在一条铺着鹅卵石的窄巷内。那条巷子曾经住满了人家；后来，托克山崩裂，坠入瓦琼湖，改变了一切。1963年10月9日，某些人的野心和自私造成两千多人丧生。有幸逃过一劫的人相继离去，村子变得空荡荡的。但她决定留下来，坚持继续住在祖先留下的房子里。和她住在一起的，还有她的哥哥和两个姐姐。她哥哥曾跟着邓南遮去过阜姆[①]，语带嘲讽地告诉别人，这位大诗人在当时一团混乱的情况下，答应让他在部队当班长。

浩劫之后，村人纷纷疏散到外地，她却决定留下来。那

[①] 阜姆（Fiume）为濒临亚得里亚海的一个港口，两次世界大战期间，意大利和南斯拉夫为了争取其控制权，纷争不断，其中包括意大利民族主义诗人邓南遮（Gabriele D'Annunzio）在1919年纠集一些人占领该港。组成"驻阜姆意大利摄政团"。"二战"后，根据巴黎条约，阜姆归南斯拉夫所有，改名里耶卡（Rijeka）。

年她年满六十岁,虽然是全家年纪最小的,却觉得自己又老又累。她已走了一辈子的路,再也不肯迁到其他地方。

她个子小小的,长了一双O型腿,标致的脸蛋,会让人误以为她才二十出头。谈起她的下肢,她说,因为小时候得用驮篮背重物,从小就长歪了。从春天到秋末,她几乎每天都得到坎普山路捡木柴,将一捆捆粗大的树枝挑回家。

十几岁就当起摊贩。自个儿或跟着姐姐徒步行走,足迹遍及整个弗留利①,远及的里雅斯特港②。她肩上总是背着一个驮篮,沿街叫卖木器,那是她哥哥在漫漫长冬无数个寂静的夜晚刻出来的汤匙、碗、砧板、勺子。她先推着装满货物的木轮推车,走遍弗留利南方的所有村庄,然后将推车寄放在朋友家,一手提着篮子、一肩背着驮篮,往北挨家挨户贩卖那些值不了多少钱的器具。整个夏天,与自己所在的山离得好远好远。

要是卖得好,再回村子补货。一进入冬季,她就推着满车的食物,带着好不容易挣到的一点钱,以及心中怀抱的一线新希望,回家过冬。

她拖着简陋的交通工具,行经一条满是灰尘、走起来真会要人命的路,前往瓦且利纳,再来到戈里齐亚、乌迪内、帕尔马诺瓦。每天结束前,总能找到歇脚处。好心的人家留她在畜舍内过夜,躺在稻草堆上,靠在温热的牲畜旁。而那

---

① 弗留利(Friuli),意大利东北部的一个区。
② 的里雅斯特港(Trieste),意大利东北边境靠近斯洛文尼亚的一个港口城市。

些慷慨的好人也总会让她饱餐一顿，把她当成一家人。

几乎全山谷的女人都在当"色咚人"（sedonere），其中有不少人推着货车一路来到热那亚①。她们总是身穿黑衣，消瘦的身材，脚上穿着司酷缝布鞋，头上系着深色头巾。弗留利当地的作家卡洛·斯戈隆（Carlo Sgorlon）称她们为"色咚人"，因为她们贩卖"色咚"（sedon）：这是当地的方言，意思就是"木匙"。

一踩上蒙特雷阿莱路，她的脸庞顿时被回家的喜悦照亮。从那条蜿蜒的道路，可再度嗅到家的味道。11月天，山谷中弥漫着秋的气息，更令人归心似箭。装满食物的手推车内，总少不了一大罐三四十升的酒，那是要送给在森林内干活儿的那些男人。半路歇脚时，她常常禁不起诱惑，想偷喝几口，但总是无法得手。还是在家里和大伙儿一起围在火炉旁喝，比较畅快吧！

弗留利那些大农舍的人家和她很熟。她所到之处总是受到欢迎，更在那充满生命力的其中一座庭院与爱情邂逅。

她告诉我，曾经在那里认识了一名英俊潇洒的年轻人，答应要娶她，而一谈起这个话题，她两眼就闪闪发光。当时的她天真无邪，以为找到了真命天子，自然而然委身给他。说她找到了也对，因为她这一辈子永远也忘不了他。他身材高挑，蓝眼珠，老爷子拥有一间挤满牛的牛舍。这突如其来

---

① 热那亚（Genova），意大利西北部城市。

的美梦令她雀跃得忘了回家。但等到秋天再经过那座庭院时，那名年轻人已不见踪影。她羞赧地问人怎么回事，他们答道，因为他不想当农夫，到美国碰运气去了。

她从小就被训练要忍受人生的种种打击，但这次的打击非同小可。她看着自己倒映在水池中纹丝不动的脸庞，向大家道了别，就走了。离开以后，背着那些人，这才哭了起来。

她再也没有回到那座庭院，在未来的漫长岁月，也不曾再动过结婚的念头。偶尔她还遇过别的男人，但没有一个让她动心到愿意许下终生。

进入20世纪60年代，塑料已发展到令人无法抗拒的地步，沿街叫卖木器的摊贩生意清淡，她只好歇业。有几个冬天的夜晚，往事突然涌上心头。她会想起远方弗留利的平原，想起过去几年里收留她的那些好心人家，想起人人都认识她的那些村庄，也想起那位高大碧眼的年轻人。

她在家乡重操旧业，回到山谷中最远的科雷山丘，去那里的牧场帮忙割牧草。

这时，已出现新的设备助山上的居民一臂之力。牧草再也不必用背的，而是高高地悬在索道运送到山下。不过干起这活儿还是很累。

夏天，她住在山谷北面的一栋房子里。在山脊割草时，为了避免曝晒，她清早三点就起床，爬上小时候常去的坎普山路和阙腾山。她在上头用钩镰刀修剪长在峭壁之间香气浓郁的小草。

她在牛舍养了三头乳牛，把它们当自己的女儿一样照顾得无微不至。她花很多时间对它们说话，把它们当人一般。她从来不生气。我从来没看到过她动过怒，连挤牛奶时，乳牛用沾满污水的尾巴甩她的脸，她也不会发脾气。

他哥哥会来帮她忙，但经常不见人影，有时一失踪就是一个多礼拜。他际遇不佳，经常到村里的酒馆借酒浇愁。

她笃信上帝，定期去望弥撒，不过她的信仰会因个人的需要而修正。比如说，哥哥过世以后，她每天晚上都去他的坟墓，对他说话。她相信哥哥听得到她的声音，就大声说出这一天发生的种种事情："乳牛都好好的，只有一头没有胃口。我已经将牛奶送到奶酪农场。我从今天起到田地翻土。你好吗？你那里冷不冷？我这里一切都很好，别担心。"

她生活简朴，为人天真，这可能就是她始终保持平静的秘密吧。知道太多，难免问一些令人担心的问题，就会造成不安。

而她从来不问为什么，只要活着，就够了。与大自然和睦共处，信仰上帝。这些就够了。

听人谈起谁和谁已经去阴间报到，她会流下真诚的泪水。她没有什么心思，很容易动不动就哭。

有一天夜晚，山上的土石坠入湖里，夺去许多人的生命。生还者从村中撤离，如花絮随风飘散到山谷中的其他村落。只有她和少数几个顽固的人，硬是不肯走。因为与外界的援助隔绝，后来她不得不把心爱的乳牛卖掉。

那年我十三岁,永远也忘不了买主来牵乳牛那一幕。她边哭泣,边向乳牛道别,叫着它们的名字,不断地说再见:"再见,维基……再见,可容……再见,罗莎……再见……再见……我再也看不到你们了。"

那凄厉的告别真是哀恸,流露出一片纯真。而那片纯真,只属于心地善良的人。

瓦琼灾难在几秒钟内冲走了几百年来的文化、传统、历史和生活方式。不过短短三十秒,就把人与物候、季节的关系冲得一干二净。往后好几年,人们再也不到牧场刈草,再也不上阿尔卑斯山放牧,再也不去森林内伐木。乳牛没了,晚上再也听不到村民的欢乐歌声。简陋的酒馆关门大吉,废弃的村子愁云满布。

一年又一年,没有任何变化,人也变得无动于衷。伤痛如激流中的石头已被冲走,人却在岁月的流逝中日益憔悴,整日无所事事,像个废物。没有任何法子可以遏止这段缓慢的进程。

这段时间,她的人生导师哥哥去世,两个姐姐搬到其他村子。只剩她孤零零一个人。

她仍旧对那个从小就认识的古老天地忠心耿耿,忠实于大地一呼一吸的周期,忠实于被瓦琼大水毁灭而人们曾经兢兢业业的往昔。

但人类的心灵往往无法承受突如其来的剧变。多愁善感的人不肯听天由命。置身苦难中,又对未来没有盼望,将逐渐产生自卫的能力，而自卫的能力又会使人失去理性。能够保持理性来承担痛苦的人，则可能因为伤心致死。

她并没有死，但脑筋却跑到别的地方去了。她走进时光隧道，回到童年，行为举止变得像个五六岁的小孩，玩起树枝、木块、小石头，拿来做成娃娃或小猫。不管人在哪里，想睡的时候就睡，管它是路上、家门口，还是草地上。玻璃碎片也好，木屑也好，空罐子也好，什么都捡。

有时离家到街上游荡，直到迷失方向。一旦被人发现，就乖乖地让人牵回家。她的疯癫，像是遵循着某些严谨的法则，好似头脑在坏掉以前，会和主人约法三章似的。你想回去当小孩吗？好啊，只要你疯了，就可以再度变成小孩。你想当羚羊吗？"你会很高兴的，"头脑这么告诉你，"我很快就让你疯掉，你一定可以当羚羊。"

据说她后来夸张到经常像动物那样，随地站着小便。

她经常跑到村子外面去，因为找不到回家的路，常常在野外的森林过夜。

有人替她担心，为了保护她，采取一个想当然的方法来解决这个问题。

这位老是溜到外面的女人，在7月的一个早晨失去了自由。正值晒制干草的季节，干草的气味在闷热的夜晚向四处扩散，弥漫了整个村庄。大家忙着收割牧草、将牧草捆成堆，没有时间留意她。不在牧场干活儿的人，又得忙其他事情。

于是，他们用一条草绳将她绑起来，以免她乱跑。负责看管她的人，每天早上在她的腰部紧紧地打了一个结，留下一米的长度，再将绳子另一头系在她家一扇矮窗的铁栏杆上。她已失去思考的能力，那个结连小孩子都解得开，她却做不到，只好不断地前后移动身体，使劲地拉扯，直到精疲力竭为止。这动作宛如情爱的姿势，她似乎想借此忆起四十多年前和那位碧眼的年轻人那段遥远的恋情。她反复猛拉那条捆在受伤的腰际上的绳子长达七八个小时，年少时因做苦工而长歪的双腿也拼命使力，巴望能逃脱。

从这里经过的人，忍不住想帮她解开绳子，不过放了她以后，万一发生什么意外，就得负责任。想到这样的风险，只好作罢。当她发现过路人对她视而不见，气得骂人。除了恶言相向，还威胁说，她的未婚夫早晚会从弗留利赶来这里解救她，等她被放了以后，要把所有的人杀掉。

她就这样度过酷热的夏季，接着，黯淡的秋季也过去了。冬天来了，人们再也看不到她的踪影。阳台上还残留着一截绳子，末端埋在雪中。那头被绑了很久的"獐鹿"不见了，只剩下一条无情的物证，见证了人类的忘恩负义。

她被送到邻村一家疗养院。在那里，就算不再跟任何人说话，起码可以在走廊上自由行动。她在尘世的最后一段日子，经常从一扇小窗眺望厄多的群山。那属于她的山。山的另一头，就是她的家，现在已没有人居住。

其中一座山，尤其令她空洞的双眼为之一亮，就是坐落在山谷右边那座阴暗的高山。那是托克山，灾难发生期间，被媒体形容为凶手，但其实是无辜的那座山。

她就这样静悄悄地消逝了,脑中依稀记得那桩悲剧。

那桩悲剧,令生还者因失去一切而活在痛苦与悲叹之中,并将最敏感的人放逐到黑暗的边陲,无可避免地变成一个无言的疯子。

好心的朋友

　　我有一个朋友，生来一副好心肠。这种个性的人很吃亏，因为不懂得使诈，所以不会看紧自己的荷包。他们总是心甘情愿地捐出自己的一切，最后很可能潦倒到身无分文的地步。这在以前还好，因为大家比较没有戒心，对好心人起码懂得尊重和理解。但如今人心不古，险恶的人多的是，因为太好心把自己搞得倾家荡产的人，得到的评价往往是负面的，被说成是一败涂地或是一无是处。

　　照这种观点看来，连圣方济各也是个败家子啰。这些人再也不肯摆脱自己的偏见，试着去了解为什么有人会沦落到这个地步。在我们这个村子，人人都会出主意，人人都自以为有能力组织一支优胜的国家足球队，或成立一个贤能的政府。这些自信满满的天才，要是被摆在我朋友的位置上，一定会采取明智之举，以避免和他一样的下场。说来遗憾，曾经帮助过他，对他雪中送炭的人，真是少得可怜，只要扳着手指头就数得出来。

他母亲还在的时候，情况好一些。她有一双深邃的眸子，长得美艳动人。原来和丈夫一起开了一家旅馆，旅馆内搜集了村子的各种故事。可惜丈夫早逝，害她年纪轻轻就守寡，而那时，儿子才正要上幼儿园呢。她独自扛起重任，自个儿经营旅馆，自个儿照料孩子。

她从一开始就发现这个孩子有点特别：心地好，人又诚实，却不是做生意的料。等孩子进入青少年时期，她更进一步发现这孩子宁可待在空旷辽阔的平原和森林，或是到高地宁静的牧场与牧人和牛群为伍，也不愿窝在旅馆的厨房或吧台工作。他从小就把玩具送给同学，远足时把点心分给朋友吃，而这些吃的都是从他家开的餐厅偷来的。母亲知道这个孩子太不会为自己着想，和颜悦色地指正他，一直设法灌输他一个观念：对别人大方固然好，但也要懂得争取自己的利益，只要是正正当当的，就可以向人家索求，要求别人付出。但江山易改，本性难移，他还是改不掉太过慷慨的毛病，甚至还曾经因为母亲的责备离家出走。有一年夏天，被母亲训了无数次后，他索性去当牧羊人，陪伴羊群一起在山谷和高原之间游晃，就这样在外头流浪了整整一个月。

这段时间，他从那些粗线条、话不多的人身上学会了对大自然和动物的爱。选择这样的生活，是他的天性使然。露天睡在羊栏里，不管是晴天还是下雨天，一直走个不停。母亲经常托其他牧羊人带点好吃的给她儿子，因为她知道孩子跟着那些人，吃得很省。

他就这样在旅馆安逸的日子与季节性放牧的苦日子两者之

间摆荡、成长，长得又高又壮，终于到了服兵役的日子。当兵期间，原来滴酒不沾的他培养出对酒精的癖好。香烟和女人的滋味他已尝过，从此以后，不论处于高潮还是低潮，他再也戒不掉对这三样东西的瘾。

他母亲对他在军中染上的恶习特别担心。她在吧台后面度过一辈子，对嗜好杯中物的人太了解了。她知道一个人一旦掉进酒缸，就很难毫发无伤地爬出来。

我大他十岁，当时已是个老酒鬼，这使我们多了一个理由，来巩固我俩的友谊。我永远也忘不了她母亲是怎样拜托我，要我好好接近他直到让他把酒戒掉的。

"你这个聪明人，"她对我说，"劝劝他吧，你这个聪明人。"

可怜的女人，她哪里想得到这简直就是在求该隐去解救亚伯①。等她明白真相以后，再也不求我了。

终于有一天，她走了，是一场病把她给带走的。当她知道自己在世间所剩的日子不多时，她哭了。过去这些年来，她哭过不少次，为了别的理由。那些眼泪是不一样的，虽然悲痛，总会被希望擦干。最后这次，则是因为自己被宣判死期已到而哭。她哭了不到一年就走了。有智者暗示，她是因为堕落的儿子的种种罪行，再也不想活下去，而提早离开人间的。

但其实她是病死的。虽然她试图抵抗，想继续照顾她那

---

① 该隐和亚伯为《圣经》旧约人物，前者为亚当与夏娃的长子，杀害其弟亚伯。

身高一米八的孩子，死神还是强行把她带走。她死后，孩子的情况非但没有好转，反而变本加厉。失去怀胎十个月辛辛苦苦把他生下来的慈母之后，制止他的最后一道防线也撤除了。他开始花天酒地，胡作非为，但老实说，比起我们今天习以为常的罪行，他的行为实在是微不足道。

后来，他想从头来过。婚姻可是个解决之道？但像他这么放荡不羁的人，以为自己能许下一辈子的承诺，可真是大错特错。没生下孩子，只生出一大堆误会。有些当太太的，就像收款机：买什么、做什么，都得向她报告，还得经她核准才行。他们没有相互扶持。她从不帮他的忙。或许他们并不相爱吧，当然也不讨厌对方；最后，变得漠视彼此的存在。多亏一位法官宣判两人离婚，让他们重获自由。

他恢复原来的生活方式，在一般人眼中，他似乎过得逍遥自在，但其实只是在掩饰内心的不安和生活的难题。此外，因为餐厅经营不善，加上花了一大笔钱来整修，资产日益亏损，债台年年高筑，已到了无可救药的地步，并危及旅馆的产业。

如果他为人狡诈一点，还可以设法自救。但他知道那样做，会把曾经帮助过他的人拖下水，所以不肯干骗人的勾当。垂死的挣扎毕竟维持不了多久。最后，他只有变卖所有的财产。

他两手空空离开那栋房子。那栋生于斯、长于斯，与母亲、朋友，甚至有好几年与妻子一起住过的房子，已不再属于他。他变得一贫如洗，连个睡觉的小房间也没有。不过，他还是始终面带微笑。

只有熟人可以留意到他脸上的一抹悲伤阴影。我相信那抹阴影会一直伴随着他,就像刺青一样擦不掉,直到他进入棺木。他现在靠打零工过活,没有固定的地方睡觉。有些人偶尔会留他在家里过夜,但这种人少得可怜。

或许有人会问,他能否记取教训。答案是,没办法。除了脸上那抹淡淡的阴影,以及老了一点,他一点也没变,和以前一模一样。

就算身上只有一万里拉,他也会大方地请人喝一杯,直到把钱用光。当然,一万里拉花不了多久,但就算他有一百万里拉,结果都一样。

有一回,我发现他有困难,欣然掏出一点钱给他。以前有好几回,我手头不方便时,他曾经接济过我,我一直没忘怀。我实在真想多给他一点,只是我自己也没多少钱。想不到才过了五分钟,他就把钱花光了。他告诉我,把钱送给一个比他更不幸的人了。我听了不知该说什么才好。

这种人,就算有时会把人惹火,但还是令人肃然起敬。著名的社会学家佛朗西斯科·阿尔贝罗尼(Francesco Alberoni)曾说过:"任何家族每五代就会出一个慷慨的子孙。"我的朋友显然是第五代。

有几次我们一起到"他的酒吧"喝一杯(在我心目中,那始终是他的酒吧)。每次他一走出门口,难免激动不已,而他总是努力掩饰。他沉默片刻,为了平缓情绪的骚动,不断用大拇指和食指掐捻右侧的小胡子。这时，他如戏的人生开始一幕幕在他眼前闪过：他重新看到母亲站在吧台后面，重新看到曾经在店里发生的各种事情。他极力不表现出自己的感受，目光静静地注视着墙壁、角落和天花板。有任何小小的改变，他一眼就看得出来。要他再度走到酒吧外面的现实世界，不是件容易的事。因为离开这个地方，等于离开他的人生。

在路上，为了自我安慰，他告诉我，人死了以后，什么也带不走，因为都得两手空空地走。我告诉他，或许有一天人类会投资起"好心肠"这个东西，到时他就可以得到补偿，变得非常富有，因为在我所认识的人当中，就属他的心肠最好。

以下这几行字要献给我这位朋友：今天有些吃饱饭没事干的人习惯歌功颂德，可以把笨驴捧上天，这种作风我颇不以为然，坚持恺撒的总要归一点给恺撒，于是诞生了这个故事。

这是一则关于一位伟大的小人物的真实故事：主人公M.P.因为一些缺点，把自己搞得身败名裂，而其中最大的缺点，就是心肠太好。

返乡

他在某年的初夏出现,大概是6月底或7月初吧。天气蛮热的,却没有人在草地上割草。三年前的10月发生了惊天动地的惨剧,人们根本提不起劲儿来从头开始,也没有这样的意愿。瓦琼大水那重重的一击,使人心变得冷漠,对任何事都已不在乎,觉得自己没希望了。人们还需要好几年的时间,才能重拾对工作与生活的信心。

陌生人来到山上的小村子,会立刻被发现,而他那一类型的人物,想不引人注目也难。他约莫五十来岁,身材魁梧,长相如西部片的英雄好汉,长发披肩,头发花白,原来的发色与白色夹杂在一起,模糊不清,更显老。他蓄着一把散乱的胡子,虽然这在今天很流行,但在1966年,却是流浪汉的专利,是穷极潦倒的表征。在我们这个时代,许多男人得意地炫耀蓄长的毛发,可能是为了造成一种错觉,好让明明不安的自己觉得心安吧。其实不管有没有胡子,真相是:我们都是人生的叫花子,都是在世间讨口饭吃。

他将自己安顿在一处门廊下,连睡觉也在这里。这地点选得真好，一来可以享受温暖的阳光，二来只要稍微移动一下身体，就可以躲进阴凉的角落。

　　他在十一岁那年，和父母搬到大城市都灵。他的父母在做了一辈子苦工、受尽侮辱之后，回到家乡，相继过世，前后没差多久，先是丈夫，后是太太，死后葬在隔壁。两人的葬礼没有看到独生子的身影。他毫不知情。

　　那年夏天，这位长相和善、沉默而神秘的陌生人，引起众人的兴趣与好奇。他的主食为面包和香肠，是在瓦琼惨剧之后重新开张的一家小吃店买的。每当夕阳残照西山，他就坐在门廊前面，将打包好的香肠放在门槛上，不慌不忙地打开，再从纸袋将面包抽出来，然后开始慢慢地咀嚼。整个进食的过程当中，他一直低着头，目光聚焦在路上的石头。旁人看得出来他明明很饿，动作却慢条斯理，从来不直接拿起面包大口大口地咬，而是先剥成小片，用小刀将香肠切成小块，再小心翼翼地将香肠搁在面包上。每隔一会儿，就抓起身旁的红酒，喝一大口。每餐必喝掉一瓶。

　　吃不完的，就拿来喂猫。那些猫已经习惯他的作息，会在附近等他。

　　白天，他待在酒吧，总是默不作声，旁边摆着一小壶酒。要是有人问他问题，他不是简短地回答一两个字，就是对人家不理不睬。

　　瓦琼大水之后，有人送我们很多漫画，我看得津津有味。

那个男人对我来说，简直就是漫画书上那些英雄好汉活生生的化身。我自然而然对他产生了好感。

出于对他的景仰，有一天我不由自主地走到他身边。当时他正在卷一根纸烟。门槛上还剩一点吃剩的食物，他面带微笑客客气气地递给我。为了不冒犯他，我收了下来。

他问我："你是谁的孩子？"这等于是在问："你的父母是谁？"我告诉他父母的名字，他却不记得他们了。老乡他都不记得了，却能用厄多的方言完整地表达自己的意思。他一直没有忘记家乡的方言。

我一边细嚼慢咽，一边直视着他，丝毫也不觉得受到威胁，因为他说话的时候，总是低头看着地上。要强调正在谈论的内容，就抬起头来看着我。他的五官说明了一切。人的脸有如飞机的黑匣子，记录了我们人生旅途中的七情六欲。发生坠机事件时，专家会从飞机残骸中寻找黑匣子，以了解出事原因。他这一生也跌得粉身碎骨，苦难、失望、懊悔、愁苦，通通刻画在脸上，但同时又有一种逆来顺受的沉静的神情。有骨气的人，就算自己的人生一败涂地，也不会怪罪别人，他就是这样的人，才会露出这种神情。

这个男人收下受苦受难的命运，因而产生屹立不动的力量。他那对清澈的眼睛，完全没有任何算计、质疑、愤怒的意思。从他的外表，我们可以猜测他曾经是个勇猛的武士，但现在当不当得了武士，他已毫不在乎。由于这个原因，对任何事他都不想争议。讨论、谈天、推理，对他来说，都不重要。

他只想再看看他的故乡。寻根的欲望、儿时的回忆，或许再加上一种不祥的预感，觉得有什么事要发生，而决定回来探望父母的坟墓。可惜并未如愿：我们的墓地很小，土葬约二十年后，就要捡拾尸骨，把空出来的地方让给刚过世的人。捡起来的骨骸放在一个小小的锌盒里，再重新葬在集体公墓。哎，人死了以后，也不得安宁。

都过了这么久了，他的父母的骨骸早已迁到别处。他觉得胸口沉甸甸的，仿佛"懊悔"回来叩门，占据他的内心，再也不肯走。毕竟是他的错，没有趁着十字架和父母的名字都还刻在墓地上的时候，早点回来凭吊。他愧疚地向我解释，这世上有一些门，并不是我们想走出去就可以出去的，得先把账偿清了，才走得了。

不管怎样，想到他的父母现在和其他死者葬在一起，有人做伴，他觉得蛮受安慰的。现在连他的老家也不见了，已经被瓦琼大水冲走了，只剩下石头地板还在。人家告诉他，老家的屋顶早在悲剧发生前，就因为承受不了寒风暴雪的摧残而坍塌。这样也好，与其看到老家变成一堆废墟，还不如让它从这个世上消失。不过，人们有时还是会看到他坐在石头地板上，用手抚摸他儿时的窝巢如今仅存的一点痕迹。

他走进另一扇门，酒馆以外的另一扇：他上起教堂来。有一天早上他走进去，里头竟然一个人也没有。他逗留了几分钟才离去。

回到出生地那短暂的期间，他从来不发问，从来不问为什么，从来不要求人家解释或说明。他的人生，仅剩下些许回忆，在风中飘荡。有形的物体已消失殆尽，除了没有被大水冲走的石头地板。解释有什么用呢？当一个人放弃自主权、听天由命时，再也不需要任何解释。只要接受了命运的安排，其他都是多余的。

只要他开口，应该可以得到一些补偿的，好比说：遗产、津贴，或是一小片土地。再怎么说，他的双亲在这里还留下一些草地，但他的目光离这些东西已经很遥远了。

他对世间的财物已经没有任何兴趣。他已经看到自己想看的东西——不，其实并没有看到，因为都已经消失了，但内心的确看到了。

那么，是到了告辞的时候了。

"明年夏天还会再回来待一阵子。"有一天他含糊地对我说。

没想到他那么快就走了。没有人看到他的离去，正如没有人看到他的到来。有一天晚上，我注意到他不在门廊下，心想他要不是迟到了，就是换了地方。到了第二天傍晚，还是没有看到他将包装好的香肠放在门槛上，我这才明白过来，心里很难过。

他在厄多逗留那十天，我们成为朋友。他教我怎样卷纸烟，和我谈人生。只是对他在那个大城市的恋情或失恋，绝口不提。

想忘掉这位外表忧郁的英雄，得花上很长很长的时间。

冬天，回家途中经过那里，看到他曾经坐着的阶梯被雪覆盖，内心有无限的思念。

长大以后，那伤口总算愈合。那个巨大的身影成为回忆。

多年以后，我和村人聊天时，无意中听到人家谈起他。那些人冷血无情，讲话刻薄，只说他爱喝酒，是个流氓，还说他离开厄多没多久，就被一辆车子撞死了。秋天，就在那个生产汽车的大城市，被一辆汽车辗死。

我心想：只有天晓得那是不是一场意外。说不定，是他故意造成的呢。

华特

　　我从前常和朋友去盗猎,有好几回被猎场看守员追捕。那些人通常心眼不坏,尤其是上了年纪的。但他们要是认定被盗猎者愚弄了,那又另当别论了。盗猎者若是一杯黄汤下肚就口无遮拦,在酒馆里炫耀起自己的战功,便会引起看守员的注意,把矛头指向他。根据概率,他早晚会被逮到,锒铛入狱。

　　不管什么事,迟早都会发生的。当我们在一段时间铆足全力、不厌其烦地重复一件事,再怎么琐碎平凡,算一算概率,总会出事。这是人类所有的活动都免不了的。所谓夜路走多了,总有一天碰到鬼,就是这么回事。

　　连那些安分守己的人、小心翼翼的人、省吃俭用的人、躲躲闪闪的人,也不能避开这样的风险。这些人想长命百岁,凡事谨慎,以为这样就可以免于一死。哈,多么愚蠢的想法啊!人生这场游戏可说是惊险万分,充满刺激,有时连不知情的旁观者也会被卷入。而这些人,本来只不过想瞧瞧别人在搞什么名堂罢了。

很多年前的一个5月天，大概是1970年吧，我们一行四人趁着春天鸟啼的时节去猎黑琴鸡。我们的目的地——黑森林的洞穴，就位于杜兰诺山北侧山腰下荒芜的蒙蒂纳山谷内。

其中两人是兄弟。哥哥现在年老力衰，只能留守在住家附近的山丘，在酒瓶的陪伴下，窥视羚羊。弟弟名叫华特，他有一头红棕色的头发，蓄着一把短须，长相酷似画家凡·高，令人印象深刻。他看起来什么都像，就是不像打猎的。

第三个人是我的好友泽普。他于某年的5月初在家中厨房的凳子上暴毙，当时手上还拿着杯子，眼睛瞪着前方，不相信自己就这样走了。我是四人当中年纪最小的。

我们在半夜一片漆黑中出发，这是盗猎者、也是一般想偷偷摸摸做事的人的明智法则。我们摸黑静静地前进，连火炬也没点。一整夜都在走路，以便赶在天亮前抵达犯罪的场所。

我们准备了足够八天的食物，还有三把十二口径的双管枪。"红毛"华特绝不带武器，因为他疼爱动物，从不杀生。他在乌迪内那头的一家孤儿院长大，所以对盗猎不像我们这些山上的人一般狂热（在我们这儿，几乎人人被迫去盗猎）。不过，他喜欢和我们一起在山中漫步，静思大自然，同时——套句俗语——倾听大自然。

这并不是他第一次跟随我们。他的袋子里应有尽有，连餐具也准备齐全了。他是个很有文化的人，在孤儿院时培养出阅读的兴趣，背包内总是放着两三本书，即便远在黑森林的洞穴，也不忘继续看他热爱的书。白天，其他三人在忙别的事，他就看他的书，或为大家准备吃的。有时，下午出太阳，他会在残雪以及还沾有冬季湿气的林中空地之间徘徊，寻找野菊苣的嫩芽。找到了就用小刀挖下来，作为晚餐。他老是穿着一件厚重的军服，长毛绒的料子，胸口有两个用扣子扣起来的口袋。

我们把黑森林的洞穴当成我们的家。这是一个庞然大洞，深好几米，长约三十米，所处的方位正好可以照到太阳，因而永保干燥。好几百年来，盗猎者一直在这里过夜。洞里还有几张树干做成的床、石头砌成的矮墙。洞穴上方还有一间小木屋，现已荒废，但盗猎者从不在小木屋内过夜。

我们计划在这里至少待上一个星期。头四天平平静静地度过。反正这里猎鸟多的是，我们白天只管晒太阳取暖，让太阳公公把每个人晒得更加健美。春天猎黑琴鸡要选在黑夜即将过去、黎明就要来临的时刻。过了这短短几分钟的紧张时刻，接下来的二十个小时，我们便可无所事事地享受至高的福分。为了消磨这段时光，另两个朋友去科拉尔托山脊和戈亚峰山脊追赶羚羊。我嘛，要不是用小刀在棍棒上刻来刻去，就是到杜兰诺山的悬崖探险。至于华特，还是继续读他的书，或是发明新的菜色。

置身这个偏僻的山谷，令人心旷神怡。我们与世隔绝，与奇异的声光交会。春天使万物复苏，我们脑海中种种灰色的思想也渐渐消逝。布谷鸟不停地啼唱，以哀戚的歌声陪伴着我们。夜晚，我们在炉火旁闲聊，边抽着粗烟丝的香烟，边啜饮着葡萄酒，长达好几个小时。入睡前，吹熄蜡烛，大家在夜色中讲述自己的奇遇。一个接着一个，声音越来越软弱无力,直到睡意降临、住着森林诸灵的这片林中空地从我们眼前消失。

第五天,美妙的假期宣告结束。天色已亮,看得出我们的战绩辉煌。泽普猎杀了两只雄赳赳的黑琴鸡,不藏在充当冰箱的雪块内好好保存,偏偏拿到洞穴内向大伙儿炫耀。他就是这副德行,一领先就爱张扬,惹人生气。

我们生起大火,清晨的阳光即将照到我们。就在这个当头,负责看守的华特的哥哥气喘吁吁地进到洞内,小声地说:"来了!来了!"

眼看那些人就快要到这里了!

不用多问也知道是谁。我们早已知道我们的行径违法。他们快速爬上山脊,共有四个人:两名猎场看守员,两名森林警备队员。从他们制服的颜色就分辨得出来。从行进的方向,我们得知他们是从卡多雷那边来的。在准备逃窜、一阵混乱当中,我随手抓起华特挂在树枝上的军服,将两只松鸡和编号被磨掉的双管枪包在军服内,然后藏在一棵石松下面。

华特一动也不动,优哉地躺在树枝编成的床上,两手枕在颈椎上。

"我不离开这里,你们打猎可不关我的事,"他说,"我什么也没干,没什么好怕的。"

我们三人朝法拉提山路的方向离去,消失在石松林间。为了慎重起见,一直到了下午才返回洞穴。他向我们打招呼,神情有点不悦,但我看得出来他很镇静。我们问他事情的来龙去脉。

他从头说起。看守员质问他。

"早。"

"早。您在这里做什么?"

"我在这里读我的书。"

"您读书都跑到这么远的地方吗?"

"是啊,这样才不会受到干扰。"华特话一向不多,只有三言两语。

"有其他人跟你在一起吗?"

"我一个人在这里,不过我听到那上头有人的声音。"他指着史帕拉山路,正好和我们逃跑的方向相反。

谈话之际,一名警备队员搜索洞穴内的每个角落。那天,他不知走了什么运,竟能注意到匆匆忙忙被我藏在石松下的包裹。他将包裹拖出来,看看里面装了些什么,然后向华特走近。

"这东西是你的吗?"

"不是我的。"华特回答。

"这把枪你认得吗?"

"不认得。"

"这玩意儿是什么你晓得吗?"警备队员提着松鸡的脚问他。

"不晓得。"华特头也不抬地回答,假装在看书。

"如果不是你的,起码知道是谁的吧?"

"不知道。"

警备队员走到另一头和其他人密谈。过了不久,他回到一直躺在床上的华特身边,向华特靠拢,在他鼻子下方展示某个东西,讥诮地说:

"那么,这东西你认得吗?"

华特内心十分讶异,但仍继续保持镇定,硬着头皮回答说:"嗯……这是我的。"

原来,他在出发前,还在家里的时候,忘了将钱包从军服的口袋抽出来。他的钱包里面一向没几个钱,而为了充实内容,放了身份证在里面。警备队员在搜查军服的时候找到了他的身份证。

他没有背叛我们。接受了审讯,依法交纳事实上是我们三人应缴的罚金。

我们害他被罚钱,还害他以持有枪支的理由被判处三个月缓刑。

这事之后,他老爱在酒馆告诉人家这件奇事,借此消遣自己。还喝了很多酒。

过了十年,1980 年的 7 月,我们四人在泽普位于山上的房子相聚。华特突然说身体不舒服,退到干草棚休息。过了好几个小时,见他还不回来,我开始担心起来,就去找他。他侧躺着,脸色苍白,因为很渴,正小口小口地啃着一片西瓜解渴。他身边摆了一本书。书合起来,标题为《恶棍卡斯特尼亚的真实故事》。

他告诉我他很难受。我发现他吐在干草上的斑斑血迹，原来肝硬化正准备给他最后一击。我让他躺在木制的雪车内，将他绑好，以便送回山谷。他已倒卧在血泊中。

"我快死了，把我葬在这里吧……"他用细如游丝的声音对我呢喃。

这话说完没多久，他已昏迷不醒。

我火速冲向山谷，将雪车飞快地驾回村子。抵达医院的时候，他一息尚存。却没挨过第二天。

华特，诗人、我的朋友、爱书人，除了不是猎人，那年四十岁。

我的弟弟

那是个出了暖阳、气候怡人的早晨。那天,弟弟过世满二十八年。我在那天重新见到他的面。

他在1968年3月的一个阴雨天去了德国。当时不到十八岁的他,怎么也想不到这一走竟成永诀。死神选在11月的某一天来叩门,而且是在一个明确的时辰叩他的门。

午后,我们从山上回来。满载着木头的雪橇才一滑到省道旁,就有一辆黑色的大轿车在我们对面停了下来。车门开启,死神降临。

是一位美艳的妇人(至少在我们眼中是如此),身材高挑,年纪四十来岁,一身黑衣打扮。男人留在车内。想引人上钩,最好的方法就是让女人打头阵。

她先向我们打了声招呼,接着便打开话匣子,直夸我们长得帅。

"真是一对小帅哥啊!"她惊叹道。

我当下就对这句话存疑。这句话赞美弟弟可能当之无愧,用在我身上就显得虚伪了。我从小就从别人口中得知自己是个丑八怪。

接着，她又编了一大堆假惺惺的恭维话，最后总算言归正传，问我们想不想去德国，在他们开的冰激凌店当小弟。

"只有九个月嘛。"她用一种殷勤、讨好的口吻说道，几乎想将那几个月缩短成一个礼拜。

她解释，那个城市有多得数不清的好处和机会在等着我们。她说得好不激动，竟然忘了告诉我们，一天需要工作十八个小时。我后来才从弟弟的信中得知这一点。

弟弟名叫费利切①，虽然如此，这一辈子快乐的时光少之又少，大概只有在我们去爬山或在森林中奔跑时吧。我们从小一直住在贫民区，遍尝了各式各样穷苦的滋味。

瓦琼悲剧发生后，来自各方的救济使我们稍微摆脱贫困，但早年的苦日子却在他心中留下挥之不去的阴影。黑衣妇人的提议，使他看到一线曙光，便欣然接受。我差点也被说动了，但森林的呼唤比发财的美梦更强烈，把我挽留下来。要我远离我的森林、山丘、春天，我可办不到。

弟弟一向话不多，但那一次，就我记忆所及也就只有那一次，却说个不停，不断地拜托我和他一起去。我永远也忘不了他试图说服我时，那哀求的眼神。

我们从小一起长大，一直形影不离，简直像对双胞胎。

---

① 费利切（felice）原文的意思就是"快乐"。

在那场带来厄运的邂逅之前,命运从来不曾将我们分开过。我对他有点嫉妒,因为他虽然小我一岁,却高出我一大截,而且女孩子都说他长得比我好看。

瓦琼悲剧后,我们搬到波代诺内的堂博斯科神学院,在那里住了三年,一起在同一间教室上课,在同一间宿舍就寝,彼此的床位紧紧相连。弟弟不太爱念书,那段时间,我不曾看他读过一本书。他几乎不曾打开过任何书本来念一念。

每天晚上举行过宗教仪式后,我们有半个小时的时间来默想神。在那小小的、只属于我俩的空间,他不将心思摆在神上面,反而低声向我提起我们在厄多的老家、以往假期间的旅行,还有未来计划的旅行。

他爱好自然万物,而且比我更有原则。他对狩猎的行径深恶痛绝,大胆地与父亲唱反调,坚持不肯去打猎。

与那位妇女相遇的前几天,我们刚完成 11 月份最后一趟登山活动。我们和一位叔叔一起爬上泽摩拉谷的奇塔山。爬到陡峻的草地上时,那位叔叔因为患有恐高症,还得让我们用绳子绑着呢。

那年的冬天,有几回,他仍想说服我跟他去德国。

"我们一起做伴嘛,"他对我说,"这样,时间就会过得快一点。"

3 月来了,一起跟着来的,还有老板的黑车。弟弟在那个月的 7 号离去。

"我走了,"他说,"趁着布谷鸟还没唱歌前赶快走,要不然就走不了了！"

我们拥别时，他对我耳语："我会带一只手表回来送你，等我哦！"

他可能以为德国和瑞士一样，也以制造钟表闻名吧。

说完即刻动身，头也不回地上了车。那天他离我远去的背影，深深地印刻在我的脑海里。

然而我再也没有看见过他。6月30日，他离开四个月后，在帕德博恩市的一座游泳池内溺毙。当时还有其他人在游泳池畔，却没有人可以解释那天到底发生了什么事。

从他的尸体浮出水面那一刻起，种种纷杂不清的说法便甚嚣尘上。我后来才知道他被拖出游泳池的时候，头上有撞伤的痕迹。

一个礼拜后，几名警官前来通知我们这个噩耗，我们随即将他葬在厄多的一个小墓园里。他过世后，我们再也不曾见过开黑轿车的那对夫妇，他们连葬礼也没有任何表示。父亲的个性尽管有些瑕疵，在那种情况下，却表现得很有风度，并不打算提起诉讼。结果，他并没有因为这个未成年的儿子（弟弟在过世那年的12月才满十八岁）移民德国、惨死他乡，而得到任何赔偿。

家乡的墓园规定，经过一定的岁月，亲人就得去拣拾骸骨，好空出位子给刚过世的人。二十八年后轮到弟弟，他重见光明的时候到了。

那天早上，阳光灿烂，清风徐来。掘墓的工人表现出在这种场合一向有的耐心与恭敬。休息时，他谈起多年前我和弟弟在他父亲的牧场当牧童的一些往事。

全家人都到了：父亲、母亲，还有小弟。有一段时间，全场静默无声，仿佛大家都心照不宣，同意以短暂的沉默来迎接他的归来。

棺材出土后，只见金属壳露在外面，因为外围的木头早已化为尘土。我年纪轻轻时就得学着控制自己的情绪，但开棺那一刻，愁绪却如脱缰的野马，再也压抑不住。我即将再度见到弟弟的面，那个曾经与我一起走到人生大门、却被命运阻隔在门槛留下我独行的弟弟。小弟当时还太小，不能陪我一起走。

我先是感到莫名激动，紧接着，一股甜蜜的感伤油然而生。我追忆那段艰辛的岁月，我们是如何以平常心来面对贫苦。我遥想青春年少时的种种历险，其中多半不曾向人透露过。我还想到我们年轻时的计划，想到他一心一意想摆脱贫穷，想到我们是如何地盼望过另一种人生。

掀开锌纸，阳光进到棺木内，重新将那在阴冷中待了多年的尸骸晒暖。那太阳和我们兴高采烈在山上奔跑时的太阳，是同一个啊！棺木一打开，他的头微微倾向胸膛，好像老家那亲爱的太阳躲在死亡的乌云后面多年，如今突然露出来，令他头昏眼花似的。

他面带微笑。那脸庞竟然还保留着昔日的五官特征，真是不可思议。正是他，脸上有如挂着一抹悲凉的浅笑。一阵风吹来，吹动他的发丝。他那一头琥珀色的秀发现在长长的，和我记忆中的并不一样。身上的咖啡色背心我还认得,他离家时穿的就是这一件。他的双手靠在胸前,宛若致歉的姿势,为那次自己在水中一个不小心而再也回不来,感到抱歉。和他一起沉睡在墓穴中的,还有他年轻时的梦想,以及那个3月天,当我们最后一次互道珍重时,他表现出来的勇气。

我看到多年来不曾掉过眼泪的母亲哭了。父亲猛抽烟,一句话也不说。

那个不幸的年轻小伙子,从静寂的地下出土以后,好像在善意地谴责我们,用那害羞的眼神劝我们:算了吧,别再相互指责了,好好珍惜彼此吧。

他忽然从遥远的九泉来访,令我们对他悲惨的命运感慨不已,也不禁对自己活得比他久、却不知好好珍惜在世的时光感到惭愧。我们经常将日子浪费在人事的纷扰、不智无益的仇恨,以及莫名其妙的恼怒上。

感慨之余,每个人都想起他短暂的人生一些重要的事迹。父亲或许是深受良心的谴责,或许是想自我惩罚,也或许是因为他比母亲诚实吧!一一列举他虐待弟弟的往事。要不是我及时制止他,我们可能在这里待到晚上还走不了。

我们全家再度团圆了半个小时,就像从前那样,全家人都到了。最后,墓园工人将我们深爱的幽灵锁在一个小箱匣内。弟弟溜出来和亲爱的家人重逢片刻之后,又回去阴间了。

他返回地下那一刹那,我确定我们再也无法相聚。我有幸被赐予一次良机,有生之年相信仅此一回,再也没有下一回了。离开墓园时,父亲却使我重新燃起埋在内心多年的一丝希望。他低声吐出一句令我讶异的话:"有一天我们还会再见到他的。"父亲说:"还会再见到他的,不是在这里,是在另一个地方。"

第四部

厄多行脚

预言

"厄多"有"险峻"之义。有一座村落,便取名叫"厄多"。它坐落在一处陡坡,但地势其实不算险峻。真正险峻的,是它的命运。没错,山谷间的所有村落,就属它的命运最乖舛。

古代所发生的种种悲剧和骇人事件,长久以来经过人们口耳相传,至今仍在村里流传。这些事光是耳闻,就足以令人毛骨悚然。厄多仿佛在森林的边陲和时间的夹缝中苟延残喘,接连不断的诅咒总是定期骑着阴森的黑马来报到,扫荡人们的热忱、粉碎人们的希望。厄多人的内心一直在预期又会发生什么悲惨的事,神情因而受到影响:严峻、沉默的眼神就是他们的特征。

我曾从奶奶那里听过一则非常古老的故事,而奶奶呢,则是从她母亲那里听来的。这则故事述说厄多一位老巫婆的生平和预言。在她漫长而神秘的一生,她曾说过不少预言,而奶奶最喜欢重复其中的一则。老巫婆以缓慢的语调、告诫的口吻,喃喃低语:"厄多将发展成一座小镇,然后坍塌。"

还有一则预言有那么点讽刺的意味,预见了一个世纪以后的女权运动:"女人开始穿长裤,男人就做不了主。"

不过,令村人既好奇又忧心的,是第一则预言。起初,这些住在高地的人家老是想不透:为什么他们的村落——一座以岩石和稻草为建材、居民不外乎牧羊人和樵夫、坐落在多洛米蒂山脉顶端的村落,有一天会变成小镇,而且居然还会坍塌?但多年以后,当一座大而无挡的水坝倏地在此处成形,宛若一片巨大的混凝土叶片,嵌在局促的山谷之间,人们才正视起这则预言所透露的神秘讯息。

随着这座人工湖的建造,人们诚惶诚恐地忆起时代久远的女巫以及她所透露的可怕讯息。这则预言再度在人们口中流传,在那个危机四伏的期间重新被提起。

奶奶是个文盲,她会在晚上坐在炉火边告诉我们老女巫的故事。她描述巫婆的语气阴森森的,但同时也带着无比的敬意。

"巫婆有很多书,"奶奶说,"但她死后,那些书全都不见了。"

从奶奶口中,我得知巫婆总是一个人独来独往,也晓得她拥有一只赤陶土烧成的大瓶子,而她就从瓶子内部默默窥探全村未来的命运。

她厄多的老家现在还在,就位于一条现已荒芜的窄巷内。小小的大门颜色深重,是一种油亮的黑,也只有蒙上几世纪油烟和尘埃的木头才会呈现这种颜色。就我记忆所及,我从未看过这扇门打开过。有一天,我禁不起诱惑,想进到屋内参观巫婆幽暗的房间。我原以为不需费什么劲儿就能破门而入,甚至幻想自己可以在屋内找到传说中的那些书本或那只奇异的陶瓶,或起码找到一些蛛丝马迹,以便目睹那位早已消逝,但多年来一直在老人家的故事中发出咒语、一直干扰着幼儿清梦的人物的脸庞。但我用肩膀推门那一刹那,那块沉默而斑驳的木头却如凶神恶煞般望着我。木头底下有一块当作门楣的石头,长年累积的尘埃卡在这块石头和门板之间,使两者紧紧地黏在一起。这既脆弱又令人不安的封印,就这样一直保护着这扇门不被开启。

不知怎的,我顿然觉得巫婆还在里面、还活着,似乎可以嗅到她的生命的气息。我变得畏缩不前,一方面由于害怕,另一方面也出于敬意,决定不再贸然闯入这间屋子。而就算闯进去了,大概也不会发现什么吧,但长年深锁在四壁之间那股蛊惑的魅力,一定会被我这小小的举动吓跑。

奶奶说巫婆受不了到村里来的陌生人,总是不厌其烦地警告村人,直到他们对过客完全不信任为止。可是,当第一批工程师打着在这里盖水坝的主意,来试探当地人的意愿,并勘探当地的地形时,困惑的人们一时竟把巫婆的警告给忘了。他们反倒相信起来自远方的诱饵:因为这些外地人谈到钱,而在那个时代,厄多的资金是非常贫乏的。是以,工程一启动,村人纷纷丢弃手中的镰刀、锄头、斧头,成群结队地加入建造水坝的行列。他们还不太敢相信到了月底,真的可以带一大笔钱回家呢。

金钱淘汰老旧的事物,带来改变。首当其冲遭到淘汰的是自行车。

年轻人用赚来的钱购买崭新耀眼的摩托车。我还记得曾经有二十辆野狼三百一起在村内的大街小巷飙车。其中一人因为天真地低估这钢铁怪兽的魔力，而赔上宝贵的生命；其他人重重地摔下来却还能活命，纯粹是奇迹。显然成长的经验需要牺牲者和幸运者一起来示范。

当地人的福祉随着水坝的升高而逐日加增。自行车之后轮到家具。老式的床铺是由樱桃木做成的，用槭木镶嵌，床垫则是由树叶铺成的。现在都被拿去当柴烧了，取而代之的，是不知道能撑多久的新式床铺。许多人因为睡不惯弹簧床，得了背痛的毛病。不过，睡弹簧床也有好处，那就是出生率提高了。

几乎家家都买了收音机，晚上再也不必聚在史瓦达老先生家，听他耐着性子用那不知哪来的大嗓门说故事了（我记得其中一则故事是"巴勒达的挑战"）。

金钱带来便利，却也造成人际关系的疏离。人们不再需要频繁地与同侪打交道，长期把自己关在家里的结果，是变得乏味、怕事，又自私。

野心勃勃的人甚至买了电视机和汽车，其他人看了眼红，赶紧加快脚步跟进。

到了1963年，经济一片繁荣，塑料时代来临，贫困的日子告终，而水坝的建造也接近尾声。

对我们而言，这一年也是末日的开始。

"厄多将发展成一座小镇,然后坍塌。"

在酒吧偶尔会听到一些德高望重的老人家重述这则预言,而同时,这座村落正在急速地改变,发展成一个小镇。夜晚再也听不到激流流入山谷的淙淙声,因为水流被拦截在山谷之间,山谷已经变成一座巨大的水库。宁静的夜晚,人工湖会显现月光的倒影,努得山也映在湖中。几百万年来,这座山丘一直是虚无缥缈的,面容令人捉摸不定,现在,终于欣然从湖中看清自己的脸庞。

白天,可以看到游艇在湖中荡漾,原来有一名富翁在湖畔落叶松林间盖了避暑别墅。另一名富翁预见到无限商机,用混凝土盖了一座三层楼的旅馆。这栋怪物在灾变后残存下来,它那荒诞的骨架至今还耸立在圣马蒂诺弯路旁。它是那么面目可憎,以至于连瓦琼的湖水也不愿将它卷走。那水只肯带走美好的事物,却把旅馆留下来,以供后人凭吊、省思。

与此同时,为了让新来的人到山上工作、为数众多的工人和工程师有个歇脚处提提神,酒吧和小吃店纷纷开张。外地人和本地人共处一地,免不了发生冲突、误会、争吵,主要是因为外地人见到本地的窈窕淑女就猛追,而这些女孩竟然对他们一点也不排斥。

尽管有这些问题,但一切似乎都渐入佳境。的确,有那么一段时间,人们相信改变会带来奇迹、相信明天幸福在握、相信那则预言没有什么根据。

可是,有一天托克山忽然被惊醒。它是因为被水坝的水推挤得太厉害而醒过来的。它愕然发现自己往下滑了好几米,比以前小了一号。担心之余,它呼唤面前的伯加山,对这位好友说:"老兄,这水正在侵蚀我的脚,那群自大的技术人员、工程师、地质学家却毫不知情。我就要掉进他们所建造的那个混账的湖里去了,却不知道该怎么警告他们。这些日子我觉得好虚弱,也想尽法子让他明白。我甚至让山上的树木倒地,好让他们注意到我的动态,但他们却很迟钝,一点反应也没有。求求你帮我警告他们、通知他们,因为他们对我不理不睬。"

比托克山年长许多、因而更有智能的伯加山痛心地答道:"我一点办法也没有。这些人很不敏感,不会懂的。这些冷漠的技术人员是不会解读我们透过树木、水流、喧嚣声所传达的信息的。他们为人华而不实,才会发展出这么一门与大自然唱反调的科学,而且居然还付诸实行。要不然,我们怎么解释他们把激流的水道堵住,却又自欺说不会导致什么后果这种荒唐事呢?你也很清楚,改变事物自然的走向,迟早要付出代价的。"

托克山越来越担心,坚持说:"但下面那里有人、有村落,我要是突然掉进水里,那水受不了我,一气之下,会大量往山谷外奔窜,夺去下面所有人的性命啊!"

"水是个胆小的东西,"托克山继续滔滔不绝,"光是一滴什么也不能做,但全部团结起来,就会变得强悍有力,干尽坏事。"

伯加山尽量拖延时间,慢条斯理地回答:"你可要好好忍耐，在你的岗位上站好，只要再过几天就好，那些蠢蛋或许就会注意到，到时候起码会通知村人疏散。"

"让我再说一遍：我忍不下去了！"苦恼的托克山强调，"在我下面有一片如大理石般光亮的岩块，多亏世人的聪明才智，现在终于能够挣脱我的束缚，重见天日。而且它对那些不高明的地质学家怀恨在心，因为他们批评它和月球表面一样凹凸不平，满脸皱纹，把它给得罪了。其实它很光滑，一点瑕疵也没有。现在，它就要证明给那些专家看，它不会像他们所想的那样，一点一点慢慢地从我身上往下滑，而是一下子就完全把我甩开。"

1963年10月9日那天，白天秋高气爽，周围的群山讨论着迫在眉睫的危险，一直讨论到傍晚。村人和那些学识渊博的笨蛋到目前为止仍然相安无事，性情粗暴、不太讲话的努得山对这一点感到十分诧异。

到了夜晚，一股强风吹向山谷，将预言的内容传播到全村和邻近的小村落。二十二点四十五分，精疲力竭的托克山再也撑不住了，一头栽进水库。湖面卷起惊涛骇浪，搅乱月光的倒影，再狠狠地将之抛向天空。洪水扑向隆加罗内，摇曳的月光随即在一片滔滔怒吼声中熄灭。就在此时此刻，即将发展成一座小镇的厄多村也跟着坍塌。而这一坍塌，就再也起不来了。

思弗

1963年10月9日一过，村内的各种声音都削弱了。你如果一直住在这里，将会十分讶异地发现：高分贝的声音全都不见了。歌声、喝彩、笑闹、喧嚣、尖叫、怒吼突然遁形。总之，就是敞开嗓门释放出来的那种声音。现在，废墟当中只剩一些潺潺的微弱流水声。而且经常是一片死寂。

这天一过，思弗的歌声也戛然而止。

思弗住在厄多的边界，与山谷相对，就在后来兴建的水库北边。他平日以放牛为生，年纪已经一大把了，却不知用了什么秘方，外表完全看不出岁月的痕迹，宛如他站在时光隧道上，强制光阴朝一头走，躯壳却朝另一头走向青春。他的个子修长瘦削，身手矫健，没有一刻闲下来过。他停止歌唱那天，我想已年逾七十了吧。他的歌声曾陪我走过童年，令我毕生难忘。

他的家在湖的另一头，靠着一条陡峭的小径与远方的村子相连。这条小径先是朝着瓦琼村陡降，来到一座吊桥，摇摇晃晃地渡了桥，再以起伏不定、惊险万分的走势向上攀升，直到他的小木屋门口。在这上头，到处可见断崖绝壁，村子取名厄多（险峻），可以说名副其实。小时候，我举步蹒跚跟着父亲上山时，总是梦想山路永远是下坡，不断地往下降，直到世界的尽头。但另一方面又深感苦恼，唯恐抵达山脚之后将发现自己落单，到时为了回到人群，我想象自己心甘情愿地从原路折返。这使我从小就认清事物严谨的平衡规律，明白每一种状态都有其对立面：秩序与紊乱，欢乐与悲伤，白昼与黑夜，善与恶，美与丑，升与降……不仅如此，我发现走下坡其实也挺费劲的，只好无可奈何地顺服宇宙的法则，不再做白日梦，只是乖乖地继续上路。

思弗很清楚这个法则，原因有二：一、他几乎每天都取道这条高低起伏的小径，从家里走到远方的村子，再从村子走回家；二、他的人生不断在高峰与谷底之间起起伏伏，如果说爬上高峰千辛万苦，跌入谷底简直就是一大浩劫。

但因为与生俱来的本性使然，无常的人生熄灭不了他旺盛的斗志。遗传密码决定了一个人的个性，遗传到快乐基因的人总是快快乐乐的，而遗传到忧郁基因的人，是不会自欺说可以改变的。思弗很幸运地遗传到情绪稳定、朝气十足、知足常乐、沉着冷静等好基因。这些个性使他面对世事的诡谲一点也不害怕。

有时即使没什么事，他也会到村子里来，或许正是基于平衡规律的考虑吧，而决定暂时将独处改为交谊，由热闹取代寂静。何况离群索居过久，会把应酬话给忘了，经年累月下来,连说什么来表达自己都不会了。所以,当他发现太久没讲话,就回到村子里,好好地喝上几杯稀释的烈酒,以溶解与人沟通的障碍。

我小时候常上酒馆,他在吧台后面忙来忙去的身影,至今仍在我脑海留有鲜明的印象。我当时还不会喝酒,去那种场所,纯粹为了寻找偶尔也需要借酒浇愁的父亲。

为了找出父亲的藏匿处,我走遍地方上的所有酒馆。我从西边找起,一直找到东边。第一个临检的对象,是纳尼的酒馆"东纽"(Togno);东纽的意思就是森林,这里有全村唯一的电视机。接着,我会到离我们家只有几步远的"猎人"。再到披林著名的餐馆瞧瞧,登山家朱利奥·古吉前往杜兰诺山之前曾经在这里做过客,这家餐馆也曾在1946年招待过乔瓦尼·科米索[1]。然后转到"星星"酒馆,这里有位眼睛深邃的迷人的女侍者在桌间绕来绕去。再走几步,就是唐的"阿尔卑斯"。要是在这些村子的酒馆找不到父亲,我会出城一直往东走约两公里,沿路还有另外两家在夜间灯火通明的酒馆:"欧费米亚"和"梅内金"。"梅内金"如今只残留着石头地板,其余的连同住在这里的一家人都被瓦琼的湖水冲走了。

我迟早会在其中一家酒馆找到父亲,而且总会在其中一家遇到思弗。他一发现我在那里,会当即请老板赏我一些糖果,还强调要多给,因为他知道我们家有三个兄弟。父亲要是正好也在场,会示意我婉拒。这时,思弗会霸道地叫他住口,吆

---

[1] 乔瓦尼·科米索(Giovanni Comisso 1895—1969),一位意大利作家。

喝道:"闭上你的嘴,随这孩子去!"

接着,他暂时放下手边的事,向我走来,问我一切可好,学校功课怎么样,有没有乖乖听话等小问题。每次遇到他,他总是不厌其烦地重复同样的问题。

他像是忽地想起自己是来这里开庆祝会的,暂停时间一过,又变得醉醺醺的,边跳舞边唱歌,旁观者看了不亦乐乎。以他这把岁数而言,他算是十分敏捷,个子瘦瘦的,长了一副锐利的鹰钩鼻。他总是穿着灯笼裤,脚踩着弗留利西边一带通用、著名的司酷缝布鞋。

他一会儿跳过来,一会儿跳过去,像有人要用斧头打他、不得不时时提防闪避似的。

我和他熟识以后,发现他很和蔼可亲、活泼开朗。可是,酒吧关门以后回家途中,他却又变得神秘兮兮的,边走边唱,边唱边走,却不见人影。我们家位于一片陡峭的草地边,就在通往普拉达村那条小径,也就是通往思弗家那条小径的对面。我回到家以后,他的歌声如一首来自远方的摇篮曲,继续陪伴着我进入梦乡。有时候我几乎感觉不到他的存在,但当他的歌声悬浮在山谷中时,也会飘进我的房间,我听得一清二楚。

我入神地聆听那从远方传来的歌声,一边幻想思弗正悬吊在绝壁间,和他的影子一起蹒跚前进。只闻其声,不见其影。

在一片寂静中,他俨然变成一只猫头鹰。我对这种鸟儿很熟悉。小时候在春天的夜晚跟着父亲去打猎,有好几次想尽办法一睹它们的风采。我小心翼翼地寻找它们的行踪，尾随在它们后面，等我一步步靠近，却发现它们已呼啸远去。

猫头鹰神秘的身影永远给人只有几步之遥的印象，但走了几步，以为已来到它们身边，才知道它们好似很近，其实很远。它们居住在黑夜与白昼的交界点，隐形看守着生与死。我只能在白天光线充足时，看清它们凝望的眼睛，只是这时它们已魅力全消。

我摸黑走到窗前，想在幽暗的山谷中找到一丝线索，以了解赏我糖果的大朋友此刻人在哪里。我集中精神寻找片刻之后，定睛在思弗家中的煤油灯所发出的微光上。那微弱的火苗有着不寻常的动势：有时一动也不动，过了很久之后，突然往上蹿升，才一转眼，又静止不动，像是在喘息以恢复元气似的。但思弗的歌声从未间断过。他的曲目总是同样一套，唱来唱去就那么几首，比如失恋的男子、殉情的女子、上战场的士兵、偷情等。

唱歌或许是因为害怕，或许只是给自己做伴，也或许是喝醉了。不管什么原因，在黑暗中他能这么怡然自得，令我感到羡慕。当时的我总盼望有那么一天，自己也能鼓起勇气独自一人到森林夜游。我并不缺乏到森林夜游的经验，但总有父亲可靠的身影陪在身边。我希望能把森林里的妖魔鬼怪赶跑，就是老人家说的阴森恐怖的鬼故事中，让我们这些孩子的童年过得心惊胆跳的那些妖魔鬼怪。我巴望能做得到！但巴望不等于相信，事实上干巴望就表示不太相信自己能做得到。

到了青少年时期，机会终于来了。一天夜晚，我和一位同龄的好友都有点醉了，双双携手来到村里的墓园过夜。我们坐在一块墓碑上，和周遭的鬼魂聊起天来。这些已入土为安的亡灵，生前我们都熟。为了壮胆，我们还带了特大号的酒瓶。只是同行的好友现在已长眠在此，就紧邻着多年前我勇气十足的那个夜晚所坐的坟墓。现在一回想起他，他的脸上总是挂着微笑。但愿他地下有知，偶尔还会记起我俩昔日的历险记。

不管季节如何变化，也不管寒风刺骨，思弗的一人行从不中断。只会将布鞋换成鞋底钉有平头钉的靴子。

这段边走边唱的旅行会持续一整个晚上，有好几回，等他走到家门口，甚至已是大白天了。显然他在半途睡着了。

有时，这断断续续的旋律也具有魔力。光是知道远方有个人独自在深夜对着森林中的林木百兽高歌一曲，就足以令我如痴如醉。人们在酒馆闲聊时，已预言到他的死亡。他们说，他早晚会从穿过悬崖的那条小径摔下去。

不然。他的歌声是以另一个方式终结：1963年10月9日那天，连同其他两千多人的声音，一起被水坝激起的巨浪卷走。

我对他的记忆永远不变。他的天真质朴，永远存在我的记忆宝库中。

瓦琼事件发生后，我们也都离开老家，疏散到奇莫拉伊斯。有好长一段时间，除非是特别的节日，再也看不到自己的故乡。那段时间，我强烈渴望返乡，也羡慕那些有勇气说回去就回去的人。

在外流离了四年，终于再度搬回我的家。目睹儿时去过的地方，现在一片残破，尘封在记忆深处的往事重新开启，如泛滥的江河向我奔腾而来。有好几天，我的情绪深陷谷底，不可自拔。但我也注意到：大自然已逐渐重现生机，治愈大地的创伤。

夏日的夜晚，我在自己的小房间躺着，开启窗扉，聆听那失而复得、沸沸扬扬的嘈杂声。偶尔，在入睡那一刹那，我会中了魔似的，听到思弗的声音从湖另一头的小径传来。但思弗已经走了，而他在那遥远的森林内开怀高唱的歌声，我们再也听不到了。

那条路

想重返那条路的念头,已在我心中盘踞了很长一段日子。想回去看看沿途一直护卫着它的石墙,想坐在凋敝的小教堂前,凝望将神殿团团围绕的巨岩。那巨岩仿佛随时都会来个震动,将教堂抖成碎片,只为了抗议人类的粗心大意,竟任凭年迈的山毛榉被尽头陡峭路段的落石欺负。

上次去那条路,是多年前的一个5月初。那天有庆典仪式,一些重要人士在场,众人在路边吃吃喝喝。

我去的时候正在举行开幕式,正式认定路的重生。"木炭工之路",镀金的青铜碑上刻着这几个字。

我在等一名友人,他却没有现身。黄昏时我终于找到他:他就坐在厨房的板凳上,人已断气,身体也僵硬了。瓦斯炉上的面条已经烧成一团焦黑,火还开着。友人的脸上残留着一抹惊愕的笑容。怎么也想不到,死期这么快就到了。

有时我会想,这种死法也不错。他命中注定死得干脆。坐在家里的椅子上,在一杯酒的前面,一击毙命,一点痛苦也没有。度过了孤单而不快的一生,就这样暴毙。

死神不会等人，也不容许宽限。我们就好比木偶戏的傀儡，他想什么时候挡住我们的去路，就什么时候挡住。我们和他的约会早已订好。而我们一旦走了，在世上积蓄的财产将成为废物。

那年5月初以后，我再也没有回到那条"木炭工之路"。正是这位朋友在多年前将那条路介绍给我的。他肯定地说，想躲避猎场看守员的监视，这是一条安全无虞的通道。从那条路，我们可以在春天通往伯加山猎黑琴鸡，在秋天通往阿涅勒山猎羚羊。

此外，我最喜欢利用那条路练习登山。那是一条理想的路线：陡峭的上坡路与平缓的路段轮流替换，爬到快没力气的时候，总有机会喘口气，让心跳缓和一下。

爬经悬在巨岩上的一个小村子时，我总要歇歇脚。有几个夜晚，一位老先生忆起当年，述说那条路的过去。它曾经是瓦且利纳、厄多、隆加罗内三地的交通要塞。几个世纪以来，多少希望、失望、悲剧从路上的石头踏过。

也有人在那条路上送命，就在登山路线延伸到峭壁巉岩处。救援队抵达山难现场，发现不幸的罹难者脸上还存留着凄怆骇然的神情，怎么也料不到就这样猝然丧生。

那个年头，个人的私事、嫉妒、仇恨、遗产等纷争，还不属于法官和律师的管辖范围。大人是不会多管闲事的。沿路的山毛榉看着"爱"在它下面开花、枯槁、凋谢，而它看得最多的，就是从树下经过的疲惫旅人。

"色咚人"①熟悉那条路上的每块岩石、每段转弯、每棵树木。在沿途设置休息站已成为她们的一个传统，当绳子磨痛她们的肩膀，就在休息站搁下肩上的重担。挡土墙的空隙就是她们的休息站：搬下墙壁外缘的一块石头，累的时候，就将驮篮塞到里面。

每个女摊贩都有个人的休息站，是根据自己的身高来选定的。她们挑着沉重无比的担子，从隆加罗内上到这里，总是唱着歌。

木炭工则是挑着装满木炭的布袋，朝相反的方向下山。等他们回到山上的时候，常已喝得烂醉。半路霍然出现一间小教堂，矗立在一块岩石上。这是一位主教为了还愿而建立的，他在这里经历过一桩令人哭笑不得的意外事件。

话说风将山上的一些谣言吹到平地，主教奉命从城市上山到这里进行调查，以了解是否属实。这些谣言颇有伤风败俗之嫌，对山区居民的信仰有不良影响。

一辆轿子停在隆加罗内等候他驾到，八名壮硕的樵夫负责将他扶到轿上，再沿着一条羊群聚集的陡峭道路，将他抬到山上的村落。这几名樵夫目光凶悍——这点可逃不过主教的眼睛——而且说着外地人听不懂的话。

走着走着，来到一处没有城墙保护、却不至于要人命的路段，两名在外侧的轿夫做了一个信号之后，故意跌了一大

---
① 即女摊贩，见《女摊贩》。

跤,害得主教从斜坡往下翻滚,最后在松林间停了下来。滚得是遍体鳞伤,差点儿就把自己给摔碎了。

他吓坏了,只好放弃调查,并下令在他跌倒的确切地点建立一座小教堂。为了感谢天父救他一命,建立教堂的资金完全由他个人支付。

但那个地点刚好被一块悬空的岩石占据,根本没有空地盖教堂。负责设计的工人是村内一位建筑包工,他在岩石内挖了一个洞,然后在洞内施工,盖了一间六角形的建筑。他的设计极为巧妙,教堂看起来就像是从岩石长出来似的。他虽然不识字,做起事来却很有脑筋。据说大画家提香[①]也曾经从那里经过。那精致的建筑展现出高度的和谐,巧同造化,令他深受感动,忍不住进到里面挥毫。

时间一年年流逝,山在蛰眠之际,偶尔伸伸懒腰,造成一些震荡。大自然连天才的杰作也不懂得尊重,几百年来,提香的画作渐渐被岁月无情的锉刀磨损。不过,可能还在原来的地方,只是被多年来一层又一层的粉刷盖住了,就和收藏在保险箱里一样。

那座见证神迹的古老建筑如今已经残破不堪,只静静地等候蒙主宠召那一刻来临。但愿人类一时沉睡的巧心慧思能再度苏醒,参与教堂的拯救工程。

墙壁还在反抗,但已维持不了多久。墙面上的石板一块块剥落。夜晚,屋顶上的坑坑洞洞将月光筛入。墙上的壁画

[①] 提香(Tiziano,1490—1576),意大利文艺复兴时期绘画大师。

不见了，取而代之的，是过路人写下的年代久远的祷告词，向天父祈求恩典。都是一些简单的愿望，从来不求发财，只求身体健康、上战场的儿子平安归来、爱情历久弥坚。

宗教圣殿，即便已经完全瓦解，仍然能令人感受到神的存在。

顺着那条凡夫俗子的蹊径继续前进，来到危崖上的小村子。抵达村子前，先经过一座墓园。那墓园好像是故意摆在那儿似的，好提醒我们，人的生命是多么短促，世间的争吵又是多么没有意义。

"现在的你一如过去的我，未来的你将如现在的我。"一块墓碑发出这样的警告。

墙上另一块大理石门上刻着这几个字：信仰与文明。

在暮色中抵达小村子，令人感到惨惨戚戚。小村子已成为一座阴影之城。门口再也看不到女人，巷子再也听不到人声。那些高而窄的房舍是乡村建筑的典范，表面铺着灰色的石板，几乎杳无人迹，冷冷清清的，只是默默地等候丧钟敲起。

瓦琼悲剧销毁了一切。少数几扇透光的窗户，以前到了晚上还会从里面传出祷告声，但如今只见电视机的刀光剑影挥来挥去。

"我有点重听，听不清楚他们在说什么，"一位老太太笑着对我说，"不过我喜欢看那上面的颜色，还有人动来动去的样子。

我真想回她说，连我也全然不懂荧屏上在搞些什么把戏，而我的听力还好得很呢。

原来有两家可以整夜划拳的酒馆，现在已经关闭了。两位老板都是纯朴的老人家，脑筋转不过来，不会使用老式的收款机。那些精明的议员坚持即使在山上也得强制执行这项伟大的发明，以便计算一天究竟卖了多少酒。法律面前，并非人人平等，因为穷人、弱者和富人并不相同。

我真想知道这世界什么时候会装上专门用来计算白痴的机器。我猜结果一定是个天文数字。

笼罩在孤寂之中的小村子，现在一片愁云惨淡，那种感觉会让神经质的人受不了，好比那个长了一双天蓝色眼睛和一头麦黄色秀发的女孩。她入土已经有一段时间了。某个夏天的夜晚，她行经那段路时，灵魂竟然出了窍，再也没有回来过。

她生前，每当我从那里经过，一定请我喝一杯。我喝酒的时候，她一言不发，只是猛盯着我的动作。或许是想叫我暂停一下，却不敢直接告诉我，只敢用无语的眼神询问我。她的缄默，对我始终是个谜。

过了墓园有一段弯路，从西边看来，这个路段一直没有改变，至今仍以"盗猎者的要塞"著称。从这个地点可以暗中窥探，而不会被发现。记忆回到那位和我一起去猎黑琴鸡的朋友身上，那位在某年5月初没有依约前来的朋友。我看到他蹲在墙下，食指按在唇上要我别出声。尽管我已经静得宛若断了气，他还是不断地向我发出嘘嘘声。我们在隐秘处等候了好几个小时,天一黑,就持着枪、提着猎物离开,到同伙人那儿喝格拉巴烈酒。事情的经过总是如此:我们一抵达安全地点,幸运脱险,长时压抑的紧张情绪得到舒缓,只想放纵一下,就免不了去喝两杯。我们喝得醉醺醺的,随便找个谷仓过夜,等到第二天酒醒后才回家。

我们心中有一些路,时间的草丛在那路上蔓生不了。记忆是把不寻常的镰刀,能割除往日的悲草,任它湮没。

重返那萧瑟古老的地方居住,再度竖起双耳,聆听旧日的步伐。这样,我们也许就能有未来。而山边突兀的孤岩上那棵凋萎的落叶松,也许将能起死回生,在浪子踩过的道路上,绽放出新的花朵。

老皮恩

我相信他是世上，或起码我所认识的人当中，唯一鼻子上长出胡须的男人。刮胡子的时候，除了双颊和下巴，他的大鼻子也得抹上肥皂，再用刮胡刀将鼻子上的粗毛刮干净。

他个子不高，却有一副宽阔壮硕的肩膀，穿上普通夹克，宛如穿着垫肩。他的双眼总是冒着怒火，与和蔼可亲的个性形成强烈的对比。瓦琼悲剧发生时，他约莫六十岁。

年轻时他吃尽了苦头，干过不少卑微的活儿。他当过木器摊贩，足迹遍及意大利北部的城市，不过他只谈过布雷西亚。他也是一名手巧的工匠，特别擅长制造干草耙子和木器。他在世时干的最后一个活儿，是到厄多上方的布士卡达山开采大理石矿。

他年纪一大把了才成家。过去种种苦难所造成的阴影，多亏善解人意的好太太为他化解。他曾经上阿尔巴尼亚和希腊的战场作战，后来因为右肩负伤被遣返。虽然右手因而行动不便，但是军方却认为伤势还不够严重，连最低额度的抚恤金也不肯发给他。

过了五十岁，他当起大理石采矿工。这个工作很吃力，不过可以让他留在属于他的群山当中。

海拔两千米高的空气使他年轻好几岁。

7月的白天很长。他每天用大锤敲击矿石长达十个小时。到了傍晚，就去岩石间走动，采集火绒草，准备周六带回家送给太太。他就寝的时间比别的矿工早，入睡前，习惯一口气喝下半杯格拉巴酒。有时候忘了喝，却懒得起床，就拜托我们几个年轻小伙子帮他拿烈酒来。偶尔我们会恶作剧，掺入半杯纯净的井水。他一如往常，拿起酒杯就一饮而尽，喝完了才把我们臭骂一顿，非等到我们将百分之百的格拉巴酒端给他，绝不罢休。一杯酒急速下肚之后，他将酒杯递还给我们，面带微笑，以会意的表情大声叫道："谢了，小鬼。"

喝下这杯催眠剂，他就能呼呼大睡。

托克山崩落人造湖那天晚上，他正在那座山上。

"我们听到一声巨响，"他后来向我描述，"我心想大概是湖那头发生了什么事吧。"

第二天早上，全部的人都下了山。他披着夹克，一副匆匆出门的模样，一句话也没说，直奔史佩瑟山丘上的家。却什么也找不到。

他的家只剩下老旧的石头地板。其他人的家也没了，整个地区都不见了。只剩下怒吼的湖水冲不走的地板，像邮票一样贴在惨白的地上。

他将夹克扔在一块岩石上，坐在上面，卷了根纸烟，环顾四周,这才知道皮内达、普拉达、马尔扎那、圣马蒂诺这几个地区也都不见了。人家告诉他,隆加罗内被夷为平地。他的脑袋顿时好像被卡住了,再也转不过来。

他继续工作了一段时间,但话越来越少,而且变得语无伦次。回到山下的村子后,连上午也喝起烈酒来。在往后的日子,再也不会照顾自己。

除了蛋,什么都不吃,一天吃三四个,这样度过好几年。瓦琼大水之后有一家小小的店重新开张,他就是在那里买的蛋。手拿着装蛋的袋子,进入一间屋子,走到角落的墙边,拿起蛋朝着墙壁轻敲出一个小洞,慢慢地喝下去,一个接着一个直到把蛋吃光为止。几个月后,那面墙下堆了如小山般高的蛋壳。

发给他的救济金最后全被拿去买酒。偶尔有好心人士想请他去吃一顿热腾腾的饭,他总是不肯去。他就是无法接受人家的施舍。只有在世的最后一年,政府认为对他的帮助已经足够,中止了对他的救济,他才厚着脸皮,到处向人家讨一点零钱,还在路上捡烟头,每搜集到三四个,就撕一小张报纸,卷成一根香烟。

他成为我们几个年轻人的伙伴。我们经常带他到山谷的一些村子喝酒、玩乐。要是口袋里有几个钱,就买足够一个礼拜的烟送他。

他曾经是个虔诚、聪明、诚实的人,说什么也无法相信天父会容许这么惨重的大灾难发生。他日以继夜、辗转反侧地思考这个问题，想到理智出轨，精神恍惚。

他看着天空，不断地质问上帝，同时低声咒骂。他坚信自己能直接和上帝对话。

晚上，他在一间老旧的空屋过夜。他用脚把门踢开，想也没想，就进去了。屋内有一个他用不上的炉子，一张用来摆酒的桌子，一把当床用的木板凳。他穿着白天的衣服睡觉，顶多把没有鞋带的鞋子脱下来。我们几个年轻人帮他弄来一些木柴，却一点也派不上用场。不管待在哪所房子，他都不想烧火取暖。他的心冻僵了，对冬天的寒意已经没有感觉了。

一个人再也不想生壁炉里的火，是一个清楚的警讯，表示他的人生已走到尽头。

有时候，我问他，为什么有这些奇奇怪怪的行为。我试图了解那颗失常的脑袋瓜内究竟装了什么。他的回答总是一样："亲爱的死了。"

最后几年，他的精神越来越不正常。

有关单位正对那座大水坝被洪水蹂躏的堤岸展开密集而有系统的调查。他坚信在各式各样的残渣——乱七八糟混在一起的树干、金属板、木板、房屋的断瓦残壁、支离破碎的树木——当中，可以找到爱妻手上戴的结婚戒指。

我几乎每一天都会遇到他从满目疮痍的堤岸回到山上，总是垂头丧气。每一次，手里都会拿着在那里拣到的东西。病态的思维让他异想天开，认定那东西不是失踪的这家人的、就是失踪的那家人的。有一天，我看他提着一具床头回来，说那是露西娅的。露西娅和我同年,和她弟弟一起死于瓦琼的大水。他斩钉截铁地说,绝不会认错,因为那张床是他亲手做的。我开始相信他已经"完了"。

他就这样执拗地搜寻了好几个月,直到冬天,大地被雪覆盖,他那对困惑的眼睛再也看不到那些伟大的天才们所导致的惨不忍睹的景象,这才歇手。

一个夏天的午后,他遇到我,显得十分激动。一只手插在夹克的口袋内,他一年四季总是穿着那件夹克。

"我找到了!"他小声地对我说。

他两眼闪闪发光。我们走进瓦琼事件后重新开张的一家酒馆。他坐在我旁边,手仍然插在口袋里,悄悄地要我点一盅红酒。接着,他慢慢地将手伸出来,手中紧握着一条脏兮兮、绣着小花的手帕,打开手帕,中央露出一个小东西。他认为,那就是爱妻的结婚戒指。

"就在这里,终于找到了!那是我在布雷西亚买来送给她的。"他喃喃地说。

我将这东西握在指间,一下子就看出这不过是个不值钱的黄铜制品,是那种钉在布帘上用来穿支架的小圈圈。我替他感到一阵心酸。因为精神不正常,他才会做那常人连想都不敢想的梦。

我小心翼翼不扫他的兴,并向他道贺。他乐得笑了起来。看得出来他颇为这个重大的发现感到自豪。

那一晚,我们在酒馆里畅饮。我警告其他朋友,如果他也向他们展示那个小宝贝，千万别笑。

他告诉我是在一根横梁下面找到的，跟一大堆同样的小圈圈一起钉在一块布上。

"其他的我连碰都没碰，"他说，"因为那是别人的太太的。"

他确信自己认识每一枚"戒指"的主人，还一一说出他们的名字。都是他家乡里与家人一起在瓦琼灾难中丧生的女子。

从那天起，他变得比较平静，不再到湖畔寻找故人的遗物。

接下来几个月，有时我想知道他是否还保存着那个无价之宝，就会试探他。我直截了当对他说："老皮恩，让我看看你太太的戒指。"

他赶紧回答："在这里。"同时从夹克的内口袋拿出这枚令他引以为傲的小圈圈。

因为他不时将它拿在手中把玩，摩来摩去的，竟然变得金光灿灿，如真的黄金一般。我和朋友偶尔假装使坏心眼，存心破坏他的忠贞，告诉他，隆加罗内有一位金匠愿意出一百万来换取这枚戒指。他感到屈辱，毅然加以拒绝，这个建议连听也不想听。

"我宁可饿死！"对于我们的一再坚持，他如此反击。

找到妻子的婚戒以后，他的人生也差不多了，大概又活了一年半，顶多两年吧。最后那段日子，他被送到隆加罗内的疗养院内。几乎每一天晚上，我们几个年轻人下山到那个重生的村子里玩，经常会遇到这位老朋友，就陪他几个小时。

我们当时已经在建筑业做了一阵子，口袋里阔了起来，只是那口袋像有洞似的，两三下就漏光了。我们买烟送他，还会给他一些钱。他直嚷着想回厄多："我受不了这里的修女，"他讥诮地说，"因为她们不让我在房间抽烟。"

其实，我们在晚上一个特定的时刻经过疗养院前面时，都会发现阳台上有点燃的香烟晃动的微光，阴暗中则有老皮恩靠在栏杆上抽烟的剪影。

临终前，他全身臃肿，而且不断颤抖。一度严峻的眼睛，被一层又黄又湿的薄膜罩住，再也看不到任何希望。最后，是肝硬化帮他解脱的。在老友马丁神父的照料下，他安详地离开人间。马丁神父寄宿在同一家疗养院，也是老皮恩的酒馆伙伴。

疗养院的工作人员来抬走他的衣柜前，先一一检查衣服里面有没有什么贵重的东西。但装在衣服口袋内的，不过是一些香烟头、脏手帕、零星的火柴，还有几个小铜板。从一件夹克的内口袋，还跳出一枚黄铜制的小圈圈，就是过去人家用来固定厨房布帘的那种环状物。快速扫过一眼之后，工作人员仓皇地将衣柜内的所有东西，连同其他属于老皮恩的不值钱的东西，一起扔进了焚化炉。

林中空地

林中空地是森林内神秘的所在。这是一小块一小块空旷的净土,树木无法在上面生根、成长。没有人可以解释为什么森林延伸到某几处会止步,让出一小片圆形地,任凭绿茵滋长。

在这些明亮的绿洲边缘、与森林的交界处,存在着一些令人永远等待的鲜明回忆。

春夏两季,黄昏将白昼关进暗室、迎接夜幕降临的奇异时刻,可以听到森林精灵的声音。在其他季节,这些声音比较微弱。不过,想听到精灵的声音,有个先决条件,那就是:对人类的声音感到失望。

林中空地是专门为了安慰那些惆怅的心灵而设的。失意的人,不妨常来这些森林内的孤岛,在这里可以得着慰藉。我们记忆深处的秘密档案,就锁在里面。

夜晚,独自坐在这圈魔轮的草地上,昔日种种,将从你眼前一幕幕闪过。在这里,遥远的过往会回来寻找一度属于它的主人,就好比人到了晚年,青春会回来窥探老人家一样。

林中空地是个优美的地方，令人心旷神怡，来到这里，人自然而然想休息、省思，生活的烦恼将不治而愈。

当父亲遇到人生的重大事件而失踪一段时间时，我知道该去哪里找他。他坐着，和种种杂念一起躲在相思树林内一处绿茸茸的空地上。有时他会抽根烟，环顾四周随着微风吹拂的草木轻柔地摇摆。森林的绿洲内，总会吹来一阵阵风，那是和畅的惠风。树木不让父亲开溜，总会加以纠缠、挽留、软禁，设法说服他待下来。就这样，他成为这圈魔轮的囚犯，反复在里面绕来绕去，最后，想逃也逃不出去了。

从4月到6月底，有一只布谷鸟每天都会来这里，以凄楚的歌声陪伴你。

其他许多鸟类也会定期到林中空地报到，从各种鸟类的啼鸣声，我们就可以猜出它们的个性。鹰发出尖锐刺耳的嘶吼，和它一样具有侵略性。充满活力、多嘴多舌的黑唱鸫，总是滔滔不绝地唱出烈焰般的热情。乌鸦会毫无预警地噫哑叫，叫声粗俗沙哑，类似黑琴鸡，突如其来，既讨人厌又没教养。鹪鹩微弱得几乎听不到的啁啾声，正足以说明它渺小而脆弱的生命。鸫趾高气扬，充满自信，旁若无人，会不断地用颤舌音"儿儿"鸣啭，炫耀高超的歌技，像个财大气粗的暴发户。

在林中空地注意力更容易集中，因此很适合带几本书过来看。不过，来到这里，可千万别打破了魔轮内的寂静。白天，只允许法翁吹奏笛子、潘恣意吼叫①。夜晚，只容忍猫头鹰和雕鸮憋着气低声呢喃。

那里有专治伤心的药，清新的空气让人祥和自在、充满希望。从前的人明白这个道理，于是将房子盖在上面，以保护自己，并让自己感到安心。

这个春天，我经常到一处美丽的林中空地，坐在空地中一棵落叶松下面。一只还不算太老的乌鸦看到了，说一个故事给我听：

"鞋匠扬看出这是一块宝地，多年前，就在你坐着的地点，兴建了他的住宅。他用底层铺着布的驮篮，从瓦琼激流的鹅卵石河岸，沿着陡峭的小径，将沙子搬上来——今天大概没有几个人知道一个装满沙子的驮篮有多重吧——再用雪车从伯加山将石头运下来。等建材齐全，就开始施工。他娶了一个肤色黝黑、圆腰宽臀、两臂粗壮的女子。太太为他生了四个孩子，三男一女。这几个孩子在森林边界的林中空地成长，出落得又可爱、又健康、又结实。他们和小鸟、植物、动物、风雨、果树为伍。林中空地变得更干净、更宽敞。夏天，爸爸负责割草、修剪树木、为树木接枝。孩子们则到处去寻找鸟巢。有时他们会带回一只小乌鸦，把它照顾得无微不至。到了思春的季节，这些鸟朋友就展翅开溜了，让孩子们好不难过。不过，到了秋天，它们一定会回来，栖息在苹果树或梨

---

① 法翁和潘分别为罗马神话中的畜牧之神和希腊神话中的牧神。

树的枝头上，看孩子们最后一眼。

"冬天，男孩子们一放学，就驾着雪橇到环绕的群山滑雪。那下坡的动作好不惊险。晚上，他们顶着红扑扑的脸蛋，拖着累坏的身体，蜷缩在火炉旁，看着爸爸做木器，直到瞌睡虫来报到。

"这些孩子在离家一公里的学校上学，学习读书识字。另一方面，他们也在林中空地学习自然界和动植物的奥秘，好比说：如何分辨毒蛇和绿蜥蜴的嘶嘶声的差异？如何根据雄鸟的啼鸣声，找出鸟巢的位置？

"当天空呈现一团灰，或是浮现刺骨的寒气，他们光凭直觉，就知道快要下雪了。当峡谷中的水流声起了变化，他们就猜得出将出现干旱。从松鼠的吱吱叫声中，他们可以判断它是不是怀孕了。

"爸爸在隆加罗内的一家大理石工厂干活儿。早上搭焦尔达尼客运班车去上工，晚上搭同一班车回来。孩子从学校回家后，到牛舍帮妈妈为那两头美丽的乳牛挤奶。夏天，他们在森林里追逐玩耍，把里头的所有秘密探究得一清二楚。回家时，总会在肩上背着一捆干木柴。比起男孩子们，那小女生的勇气可一点也不逊色，不但如此，有时还更大胆呢。大伙儿去偷老鲁家的樱桃时，她腰际挂着袋子，在哥哥们的怂恿下爬到树上。那些臭男生以看守为借口留在树下，要是苗头不对，就可以赶紧开溜。

"时间就这样一天天过去，他们在林中的绿洲过着幸福的日子。某个5月的星期六，爸爸告诉大家换工作了，被调升到厄多的一个庞大工地，加入瓦琼水坝的兴建工程。那座水坝，如一片巨大的混凝土叶片，一天天在谷中成形。他用前一个工作的离职金，买了一辆摩托车代步，再也不用搭焦尔达尼客运班车了。他让孩子们轮流坐在后座，一次一个，载他们去看水坝。小女生坐在上面很害怕，因为急风朝着她猛吹，害得她差点就没气了。

"回家途中，爸爸会在哥伦伯小馆停下来，买冰激凌请孩子吃。

"他们的最后一季夏，也是这样度过的。到了10月，秋天即将来临，天气还好得很，坚鸟却毫不惋惜地提前离去。四个孩子的学校已经开学。9号晚上，巨浪扑向邻近的村落，摧毁陆上的人与物。

"那块林中空地也被冲走，连同那上面的房子，还有鞋匠以及他的所有家人。"

乌鸦说到这里，歇了半晌，又接道："这已是很久很久以前的事了。过了三十年，正如你眼中所见，大自然已几乎完全治愈了大地的创伤，新树长了出来，绿草冒了出来，小鸟重新引吭高歌，一切又回到从前的样子。只是孩子们没了，再也找不到了。"

太阳正要从西边的托克山落下，乌鸦从原来栖息的落叶松往下俯冲，在紧靠着我脸庞的一丛灌木上停了下来。

"现在，让我告诉你一个秘密，"它说，"我觉得孩子们已经回来了，才会到这里来。夏天，有一些日子，我感觉到他们仿佛就在四周。我听到他们的声音,就在夜晚,鸟兽入睡之前,他们的轻笑声会传入我的耳中。"

我小时候曾经学过动物的语言,还有点印象,就试着恢复记忆,终于开了口。我问这只乌鸦对这个故事怎么这么了解。

"因为啊,"它哀怨地回答,"我就是那些孩子们,在那个遥远的1963年的春天,所饲养的最后一只乌鸦。"

最后一季夏

鞋匠扬的四个孩子恬然地度过他们的最后一季夏。不论是出太阳，还是刮风下雨，他们都快快乐乐地在森林里劳动、游耍。他们的家位于一块林中空地内，就在那座森林的边界。学校刚放暑假。三个男孩的成绩都不错，妹妹的表现更为出色。她既聪明又认真，10月就要到隆加罗内上初一了。从那一年起，初中纳入义务教育。在村子里的学校分别上完七、八年级的两个男孩，也将转到隆加罗内上初中了。妹妹想学美发。她说，要把村内的每个女生打扮得漂漂亮亮的。

老大要当泥水匠。隆加罗内也有泥水匠和木匠的分校。住在平地的孩子可以搭公交车到这座位于山谷中的大城市上学，可是，住在山上的孩子，却必须骑着自行车下山，再辛辛苦苦地骑回山上。不管天气怎样，每天都要骑二十五公里，而且回程全是上坡路，天气再冷也不例外：这就是学一门技艺的条件。冬天，他们在冷飕飕的清晨出门，成一字长蛇阵，将书包吊在车杠上，夹克的口袋内放了一个三明治。

老二不想继续上学。他热爱森林自由自在的生活，喜欢去拣木柴、饲养家畜、割草、雕木器。

最小的男孩小学还没毕业,现在还看不出适合哪一行。不过,老师们都说,他很有画画的天分。

那年的6月充满了许多好兆头。学校已经放暑假了,艳阳普照,催熟了禾草,差不多可以收割了。老鲁家的樱桃长得饱满鲜红,只等人家来采摘。小乌鸦一天天长大,变得又好奇又嘴馋。它还小的时候,就被孩子们从鸟巢偷回家。他们每天用餐桌上的剩菜,将它喂得饱饱的。不过,它最爱吃的,是蚂蚁蛋,那是男孩子们从住家后面一个巨大的蚂蚁窝偷来的。为了不过早掏空这宝贵的食源,他们有时会到森林内寻找其他的蚂蚁窝,等下回再来洗劫。

割草的活儿几乎花掉孩子们整个夏天的时间。老二有一天早上在磨镰刀,持着磨刀石的手移动太高,擦到镰刀口,在大拇指和食指之间割了一道深深的伤口,被送到村里的医生那里,缝了好几针。据说手术当时,他强忍着痛,紧闭着嘴,不叫出声。

在此同时,家里的两头乳牛被送到阿尔卑斯山上放牧。它们一离开,牛舍就用生石灰消毒,因为其中叫摩拉的那头牛从高地的牧场返家后,就会生下一头小牛。总得为新生儿预备一个干净的环境吧。

礼拜天,四个孩子手牵手到村子里的教堂望弥撒。这一天,他们穿戴得十分体面,干干净净、整整齐齐的……我真想说,头发也梳得一丝不乱,不过,这样说有点儿夸张,因为暑假一到,爸爸为了卫生的考虑,已经将男孩们剃成光头了。望完弥撒以后,他们会多逗留一会儿,和村里的其他孩子玩耍。玩到接近午餐时间,不用人家事先通知,就会像一阵风似的,疾速消失在墓园的弯路后面。从这里一直走下去,就是他们的家。

7月,爸爸赠给男孩子们一趟意外的旅行。他们在学校很用功,在家里也很勤快,所以各放一个下午的假,以资奖励。他用摩托车,一天载一个,沿着瓦且利纳,和儿子一起畅游巴尔奇斯村和巴尔奇斯湖。在湖畔的一家酒吧,爸爸喝了一杯红酒,然后对每个跟着他来的儿子,发表大同小异的谈论:"你看吧,再不久,等水坝完工以后,我们也会有自己的湖,而且还是最大、最深、最美丽的湖。"

话是这么说,内心却没有什么自信。因为在他心中有一块阴霾——他预感有什么危险的事要发生,已经有一段时间了。

8月适逢村里的几个节日。孩子们利用这个机会,到伯加山的草地上摘花,准备在游行的时候用来装饰天主教圣徒巴托洛梅奥、罗科,还有圣母的雕像。

节日期间,一个卖玩具的摊贩来到村里,用一个简单的木板,贴上彩色纸,在小广场摆摊。在诸多神奇的展示品当中,一个布娃娃最得妹妹的欢心。一整个礼拜,每天下午,她都会来找摊贩,恳求他让她抱那个布娃娃,只要几分钟就好。

最后一天收摊前，那位摊贩被妹妹隐忍的眼神和刚毅的精神打动，将布娃娃送给她。小女孩兴高采烈地跑回家，将布娃娃收在和哥哥共享的房间衣柜上面。

9月来了。一如往年，他们从12号起到森林伐木。每个礼拜天望完弥撒，以及周间每天下午爸爸从水坝收工回来，男孩们就到塔梅尔森林帮忙拣木柴。他们驾着爸爸为每人量身定做、装满树枝的小雪橇，火速往下滑。不论到哪里，现在飞得又稳、又帅的小乌鸦，都会陪在他们身边。去望弥撒的时候，就得把它关在鸟笼里，否则会跟着他们一起进到教堂。乌鸦一旦被驯服，会成为真诚、友善、守信的朋友。只有在满一周岁以后，每到春天，会追随求爱的不朽本能，暂时离开。但还会再回来。乌鸦总是会回来找老朋友的。

时间一天天过去，现在已闻得到秋的气息。树叶披上一袭彩衣，已准备好随风飘走。有一天黄昏，鞋匠坐在住家外面的石头上，抽根烟定定神。将烟草卷进烟纸、点燃烟以后，他焦虑地盯着人工湖辽阔的水面。湖水已快要渗到林中空地的边缘。这水是暗绿色的，深邃而阴沉，平静如镜，和多年前他首次到威尼斯那天，看到的蓝莹莹的海水完全不一样。

那一次，他是去参加牧师主办的旅游，和太太还有其他村民一起坐游览车去的。他记得那水是轻快爱玩的，会动来动去、砰然作响，将一波波海浪拍到岸边，嗯，就像个朋友。

厄多这湖水,却没有任何动静、不发出任何声响,令人怀疑它不怀好意,好似随时会发动攻击。有时候,从托克山那头传来轰轰隆隆的声音,尽管一般人忧心忡忡,工程师却向他们担保不会发生什么严重的事。他们听了进去,把自己的命运交到这些高学历的人手中,就好像病人乖乖地任由医生摆布一样。

9月也过去了。摩拉刚从阿尔卑斯山回来,及时生下一头小牛。孩子们在小弟的建议下,同意将它取名为乔托①,这是从它身上的颜色得到的灵感。

接着,要准备开学了:新的书本、新的书包,还有其他许许多多新鲜的玩意儿。旧书包原来都是妈妈利用零头布亲手缝制的,现在被丢到一边。背这么简陋的书包下山到大城市里,见不得人的。

10月,学校开学。开学第一天早上,焦尔达尼客运班车来到村里,将所有新生载到学校。我和弟弟费利切也在当中,当时身上还沾有阿尔卑斯山牧草的味道呢。

刚到新世界的冲击可真不小。平地的小孩揶揄我们,嘲讽我们衣衫寒酸。还有两个当地的孩子模仿我们喉音很重的口音,挖苦我们,鞋匠的孩子立刻拳头相向,找人家打架。两边对峙起来,都市人居下风。不过,双方的摩擦没持续几天。

---

① 乔托(Giotto di Bondone,约1266—1337)为意大利画家,文艺复兴画风的开创者。

没过多久，情况就好转了，彼此产生友谊，渐渐互相接纳。

在隆加罗内的学校附近有一间美容院。每天休息时间，妹妹会从外面那扇不透明的窗户偷窥里面的动静——那里聚拢了她的梦想！她多么希望一毕业，就能被美容院的老板收为学徒。她发现上课的时候，有个男生一直在偷看她。一想到这件事，她就心头发热，迫不及待想回到学校，感受一下他的目光投射在自己身上的滋味。人生总是如此：起先带来纯然的喜悦，然后慢慢地让我们失望，多年后，更无情地摧毁青少年时期所建构的绮丽梦想。

但这些孩子，以及其他许许多多的孩子，根本来不及看到他们的梦想破灭。在命运残酷地撞击他们之前，他们就消失了。还满怀着理想与抱负，就提前走了。有时候，当思绪回溯过往的时光，我会忆起那些脸孔，重新看到他们天真无邪、充满希望的笑容。

10月上旬，新的学校已经上轨道，一切运作得井然有序。10月9号，鞋匠的孩子照常去上学。秋天来了。受到第一波寒气袭击的吉草，散发出垂死的气味。鹊即将离去，和乌鸦啾啾啼唱，互道珍重。庭院成堆的木柴一副提心吊胆的样子，因为它们心里有数，被送进火炉的日子已经不远。天气清朗。

那天晚上，鞋匠家的晚餐是一道饭食和果酱。用餐时，妹妹告诉妈妈，隆加罗内的美发师终于注意到她了，并答应她，放假的时候要收她为学徒，到店里实习。她兴奋地做了这样的结论："妈妈，你等着看吧，等我学好美发，就会把你变成全村最漂亮的女人！"

晚餐后，孩子们回到自己的房间，爸妈则待在厨房的壁炉边，谈到两人的未来，并试着勾画孩子的前途，言谈之间，流露出自信与希望。近十点，两人上床就寝。

十点四十五分，传来震耳欲聋的巨响。

我宁可相信他们在睡梦中走了，完全不知道死神来将他们带走。

多年以后，老皮恩在某个下午，怀着能找到爱妻婚戒的愿望，爬上那座大而无挡的水坝被大水肆虐的堤岸，手里拿着一个断臂娃娃。他住在同一块林中空地的一间小木屋内，因为膝下无子，特别疼爱邻居那几个孩子。已经疯了的他，确定那个残废的娃娃是鞋匠女儿的玩具，于是把它当成小女孩的遗物，搁在鞋匠家的残迹上面。

光阴不停向前流转，那个夜晚距今已经好多年了。

时间已经抚平那个凄怆骇人的日子所造成的累累疮疤。

痛楚已随心死而尽。但痛楚，有时还是会回来寻找我们，把遗忘的面纱暂时请到一边。而回忆，是直觉的反应，于是，在那些死者当中，会浮现出被瓦琼大水卷走的那几个孩子的脸庞。而哀愁，永不止息地绕着那个厄运的夜晚，也会来探望我们，同时带回那些孩子的笑容，以及他们的最后一季夏。